Lin Hierse
Wovon wir träumen

PIPER

Zu diesem Buch

»Eine Träumerin ist man nicht einfach so, man muss es sich vornehmen und das kostet Kräfte. Du weißt das, vielleicht besser als alle anderen. Du hast so viel getan, damit ich mir erlauben kann zu träumen.«
Eine junge Frau ist nach Shaoxing gereist, um ihre Großmutter zu beerdigen. Ihr Blick wandert immer wieder zu ihrer Mutter, die China vor Jahren verlassen hat. Die Frage, wo sie selbst hingehört, schiebt die junge Frau beiseite. Vielleicht ist sie überall ein bisschen zu Hause oder nirgendwo ganz. Ihre Mutter wollte ein anderes Leben in Deutschland. Ihre eigenen Träume ähneln denen ihrer Mutter. Und doch träumt sie anders, weil die Grenzen zwischen den Orten verschwimmen und weil sie die Geister ihrer Familie niemals ganz loswird.
Subtil, mutig und mit feinem Gefühl für die Sprache erzählt Lin Hierse von einer besonderen Beziehung zwischen Mutter und Tochter. Auf den Spuren der deutsch-chinesischen Geschichte findet sie eine Form, Migration nicht als Trauma zu begreifen, sondern als Traum.

»Lin Hierses Roman steckt voller feiner Töne und Szenen.« *Welt am Sonntag*

»Ganz bemerkenswert, klug konstruiert« *SWR2*

Lin Hierse, geboren 1990 in Braunschweig, hat Asienwissenschaften und Humangeographie studiert. Sie lebt in Berlin und ist seit 2019 Redakteurin der *taz*. Dort erscheint auch ihre Kolumne *poetical correctness*. »Wovon wir träumen« ist ihr erster Roman.

Lin Hierse

WOVON WIR TRÄUMEN

Roman

PIPER

Mehr über unsere Autorinnen, Autoren und Bücher:
www.piper.de

Wenn Ihnen dieser Roman gefallen hat, schreiben Sie uns unter Nennung des Titels »Wovon wir träumen« an *empfehlungen@piper.de*, und wir empfehlen Ihnen gerne vergleichbare Bücher.

Unser Versprechen für mehr Nachhaltigkeit
• Klimaneutrales Produkt
• FSC®-zertifiziertes Papier
• Hergestellt in Europa

FSC www.fsc.org
MIX
Papier | Fördert gute Waldnutzung
FSC® C021394

Ungekürzte Taschenbuchausgabe
ISBN 978-3-492-31957-7
1. Auflage Mai 2023
2. Auflage Juni 2024

Umschlaggestaltung: zero-media.net, München
Umschlagabbildung: privat
Satz: psb, Berlin
Gesetzt aus der Sabon
Gedruckt von ScandBook in Litauen
Printed in the EU

für ma
und für alle, die träumen

有一天你告诉我
你梦想里见的
是我
我呢
我见的都是你
白天
黑夜
眼睛开了
眼睛闭了
那有什么区别?

du hast mir mal erzählt, dass
du mich in deinen träumen siehst
und ich
ich sehe nur dich
tags
nachts
mit offenen augen
mit geschlossenen augen
was ist der unterschied?

abschied

Der Tag, an dem wir A'bu nach Hause bringen, ist sehr gewöhnlich. Es ist frühmorgens an irgendeinem Dienstag im April, der Himmel über Shanghai ist weder grau noch blau, es regnet nicht und es scheint auch nicht die Sonne. Es ist einfach, wie es ist.

Da Jiujiu, mein ältester Onkel, steht auf dem Bürgersteig und hält ein großes gerahmtes Portraitfoto von A'bu in den Händen. Es ist in dicken schwarzen Stoff eingewickelt, nur oben links, wo das Tuch verrutscht ist, schaut ihre ordentliche Frisur hervor. Da Jiujiu sieht müde aus und sanft. Er war immer schon der sanfteste und leiseste der Brüder. »Eigentlich ist das nicht gut für einen Erstgeborenen«, sagt die Familie. »Eigentlich müsste er die Dinge doch in die Hand nehmen, die Familienfeste organisieren und Reden halten mit lauter, fester Stimme.«

Aber Da Jiujiu nimmt wenig in die Hand, wenn man es ihm nicht aufträgt.

An diesem Morgen steht er ganz aufrecht. Sein Anzug ist an den Schultern etwas zu weit, er wirkt viel zerbrechlicher, als er ist. Er ist eigentlich wirklich kräftig, jeden Abend macht er hundert Kniebeugen. Sein Körper ist drahtig, nur sein Gesicht ist weich, er sieht seiner Mutter sehr ähnlich. Ein Schritt hinter ihm steht sein Sohn und hält die Urne im Arm. A'bu trank bis zu ihrem Tod aus der Tasse mit dem London-Schriftzug, die er ihr vor Jahren mitgebracht hat. Er, der älteste von uns Enkeln, der viel zu selten zu Besuch kommt, noch seltener als ich. Früher kam er aus Singapur, dann aus der Schweiz und seit einer Weile aus Großbritannien.

Neben den beiden steht der Nachbar, dessen Namen ich nicht kenne, der mir aber immer freundlich zunickt, wenn ich an seinem Wohnhaus vorbeigehe. Er hat einen großen Regenschirm über ihnen aufgespannt, damit A'bus Geist nicht schon auf der Reise in ihr Heimatdorf davonfliegt und sich verirrt. Ich würde mich sicher auch verirren, ich kenne den Weg nicht. Raus aus Shanghai bis nach Shaoxing, keine Ahnung, wo lang, aber zum Glück muss ich nur mit dreiundzwanzig anderen Menschen und einem Geist in diesen Bus steigen und dabei zusehen, wie die große Stadt langsam ausdünnt.

Da Ayi reicht mir zwei dünne rote Papierschnipsel und weist mich an, sie mir in die Schuhe zu stecken. Als älteste Tante kennt sie alle Regeln. »Am besten mit der roten Seite nach außen, damit du später keine Flecken an den Socken hast.«

Eigentlich würde ich gern ein paar Flecken behalten von diesem Tag, aber ich will nichts falsch machen, und deswegen tue ich, was sie sagt.

»Warum das Papier im Schuh?«, frage ich, und ihre Antwort ist »Zur Sicherheit«.

Ich will weiterfragen, zu welcher Sicherheit, aber da ist Da Ayi schon zwischen den anderen Füßen verschwunden, also nehme ich die Antwort, die fast immer passt: zum Schutz vor bösen Geistern.

Es gibt unendlich viel, was vor bösen Geistern schützt. Ein Spiegel gegenüber einer Tür, um sie hinauszureflektieren. Eine im Zickzack gebaute Brücke, weil böse Geister nur geradeaus gehen können. Warum also nicht auch rotes Papier in den Schuhen.

Wir steigen in den Bus, ich bin beinahe die Letzte. A'bus Geist und die Männer sitzen vorne, Mas Brüder mit ihren Söhnen, außerdem mein Cousin, der wohl für immer diese schweren Tränensäcke tragen wird, seit er vor vier Jahren einen Nagel in den Sarg seines Vaters schlagen musste. Auf den Plätzen dahinter haben sich meine Tanten niedergelassen, und die Frauen meiner Cousins, als gäbe es eine stille Ordnung. Ich gehe zwischen den Reihen hindurch nach hinten und lasse mich neben Ma auf einen Sitz fallen. Zwischen uns liegt der Gang, ich habe zwei Plätze für mich allein. Meine Cousine dreht sich zu mir um und reicht mir eine Plastiktüte mit zwei Mantou und kaum gesüßter Sojamilch, beides ist unangenehm warm auf meinem Schoß.

»Iss was, das wird dir guttun«, sagt sie und schaut mich dabei mit wachen Augen an. Sie ist immer ganz im Moment, sie hängt keinen Gedanken nach.

Der Fahrer startet den Bus, und ich schaue aus dem Fenster. Der Ausblick auf Shanghai ist einer der besten, besonders aus einem Auto heraus. Ich rutsche auf den Fensterplatz und lege die Tüte neben mir ab. Draußen werden Hochhäuser von einer Schnellzugtrasse abgelöst, drinnen raschelt das Plastik. Ich drehe den Verschluss meiner Sojamilch auf, es ist die gute mit dem schlichten roten Aufdruck, und sauge einen großen Schluck in mich hinein. Es fühlt sich an, als würde mein Magen von innen umarmt. Um mich herum beißen hungrige Münder in weißes Reismehlgebäck.

A'bu tunkte ihre Mantou jeden Morgen widerwillig in eine Mischung aus gemahlenem schwarzen Sesam und Zucker und sehnte sich dabei nach einem Schälchen Reissuppe mit eingelegtem Gemüse. Je älter sie wurde, desto stärker vermisste sie den Geschmack ihrer Kindheit – salzig, sauer, bitter – und desto sturer verlangte sie danach, dass man sich um sie kümmert wie um ein Kind. »Alles ist ein Kreis«, hat Ma einmal zu mir gesagt. »Wir fangen ganz hilflos an und hören hilflos wieder auf.«

Die Stimmung im Bus ist gut, ganz anders als damals, als wir Mas Bruder beerdigen mussten. Auf den Tod der Ältesten ist man immer irgendwie vorbereitet, und doch weiß niemand, wohin sich die Familie ausrichten soll, wenn sie verschwunden sind. Meine Cousins reden und lachen, Ma zeigt ihrer Schwester auf dem Handy Fotos aus ihrem Garten, Da Jiujiu hat den Kopf zur Seite geneigt, vermutlich schläft er nicht, bei jeder Unebenheit im Asphalt stößt er mit der Schläfe gegen das Fenster. Nur Da Ayi sitzt ganz aufrecht, sie hat die Hände in den Schoß gelegt und betrachtet nervös den Himmel. »Hoffentlich regnet es nicht, wenn wir auf den Berg steigen. Hoffentlich.«

Ich habe eine Einwegkamera dabei, aus der Drogerie bei mir in Berlin um die Ecke. Ich will A'bus letzte Reise festhalten, auch diesen Moment, also drehe ich das Rädchen bis zum Anschlag und schaue durch den Sucher. Die Szene ist schwer einzufangen, von meinem Platz aus sehe ich vor allem Hinterköpfe. Ich könnte aufstehen und das Bild von vorne machen, aber das erscheint mir unpassend. Heute ist mehr Aufgabe als Ausflug. Also halte ich die Kamera, so still es geht, und drücke auf den wackeligen Auslöser. Es gibt keine Fotos von A'bu als junger Frau, und es kann kein Foto geben von A'bu als Geist. Aber es gibt jetzt das Bild dieser Busfahrt.

Ich weiß nicht genau, wie lange wir fahren, vielleicht drei Stunden, Shaoxing ist von Shanghai etwas mehr als zweihundert Kilometer entfernt. Wir haben es nicht eilig, aber wir machen auch keine Pause. Irgendwann lenkt der Fahrer den Bus vorbei an grünen Hügeln und hinein in die nächste Stadt. Als A'bu 1923 geboren wurde, war Shaoxing ein Dorf, heute leben hier über fünf Millionen Menschen. Ich war noch ein Kind, als ich das letzte Mal hier war. Ma erzählt mir, dass wir damals in schmale Boote umsteigen mussten, um uns in die Nähe des Berges bringen zu lassen, auf dem mein Großvater begraben liegt.

»Und danach mussten wir wandern, über so wackelige Stege und auf Trampelpfaden, dann viele Stufen steigen, den Berg hinauf. Weißt du das noch?«

Ich nicke.

Es war eine lange Reise, und sie war genau richtig beschwerlich. Es ist nie leicht, die Toten zu besuchen. An die Boote erinnere ich mich nicht, nur an Bambuswälder und Tümpel, in denen meine Cousins und ich kleine Frösche fingen, um sie einen Moment lang in den Händen zu spüren und dann wieder freizulassen.

»Es gibt doch dieses Foto von mir«, sage ich, »zwischen dicken Bambusstämmen. Die waren ganz glatt und kühl. Wenn ich das Ohr an sie gepresst hab, konnte ich das Wasser in ihnen rauschen hören.«

»Ja«, sagt Ma und sieht zufrieden aus.

Heute brauchen wir kein Boot mehr, und ich bin ein bisschen enttäuscht, als der Bus direkt am Fuße des Berges hält, wo ein steiler Weg in wucherndem Grün verschwindet. Auf den letzten Kilometern haben uns Autos und Rikschas begleitet, darin mittelalte Männer, die ich noch nie gesehen habe. Sie blasen in fanfarenartige Instrumente, schlagen kleine Becken aus Bronze aneinander und tragen riesengroße Papiergestecke in neonbunten Farben. Es ist eine schöne Begrüßung, so laut, so schrill, fast pompös. A'bu war keine Berühmtheit, ihr Leben war klein und bescheiden. Niemand weiß genau, wann sie geboren ist, »Irgendwann im Januar«, schätzen wir in der Familie. Aber wo ihr Leben begann, ist klar. Dass nun so viele Menschen ein Fest feiern, um sie am Ort ihrer Geburt willkommen zu heißen, macht mich glücklich.

Als ich aussteige, pustet ein kugelbäuchiger Mann noch immer leidenschaftlich in sein Instrument, heraus kommt ein hemmungsloses Klagen. Überall haben sich Grüppchen gebildet, es werden ein paar Hände geschüttelt, die Männer aus der Stadt stecken den Männern vom Land teure Zigaretten an, die sie zwischen Daumen und Zeigefinger halten, während sie gierig an ihnen ziehen. Die Frauen rauchen nicht. Mich beachtet niemand wirklich. Ab und zu trifft mein Blick einen anderen, manchmal starrt mich jemand ein paar Sekunden lang an, mit leicht geöffnetem Mund. Wir werden hier nicht lange bleiben. Nur der Busfahrer hat sich seine Kappe tief ins Gesicht gezogen und die Beine auf das Armaturenbrett gelegt.

»Der ruht sich aus, bis wir zurückkommen«, sagt Da Ayi, hakt sich bei mir unter und zieht mich in Richtung des Trampelpfads.

Wir haben es nach wie vor nicht eilig, der Zug aus nun über dreißig Menschen setzt sich langsam in Bewegung. Der Himmel ist mittlerweile blau, Da Ayi ist erleichtert. Es heißt, wir bräuchten eine halbe Stunde, um die Grabstelle zu erreichen, doch sie muss zwischendurch immer wieder anhalten. Abwechselnd gehen wir neben ihr, erst ich, dann ihr Sohn, dann Ma, wir stützen sie beim Stufensteigen. Ich weiß, dass ihre Füße schmerzen. Wir bezwingen einen Berg. Wir kommen nur an, wenn wir gemeinsam ankommen.

Als ich die letzten Schritte auf das Grab zugehe, ist der größte Teil des Trupps bereits da und ruht sich auf Baumstämmen und niedrigen Mäuerchen aus. Einer der Männer, die die schweren Papiergestecke getragen haben, wischt sich mit einem kleinen Handtuch erst den Schweiß von der Glatze, rollt dann sein T-Shirt bis unter die Brust nach oben und tupft sich den Bauch. Nur ein paar Meter entfernt beginnt ein anderer, mit einem Meißel die Fugen in der Wand hinter dem Altar aufzubrechen. Neben mir fängt eine Frau plötzlich an, laut und ungehalten zu jaulen. Ich kenne sie nicht, und doch schreit sie ihren Schmerz über den Tod meiner A'bu hinaus in die Welt, einfach so, ohne Fanfare. Ich kann das nicht. Wie unfair, dass sie so laut leidet, während mir in diesem Moment nichts wehtut.

Ich war noch nie bei einer Beerdigung wie dieser. Als ich ein Kind war, sind wir nur zweimal hier oben gewesen, zu Besuch, um meinem A'gong Obst vorbeizubringen und uns im Anschluss vor seinem Grab zu verbeugen. Andererseits war keine Beerdigung, auf der ich war, wie eine andere. Als vor zwei Jahren meine Oma starb, standen wir zwischen Winter und Frühling in einer dem Anlass angemessenen Kälte auf einem niedersächsischen Friedhof, hielten uns still an den Händen und blickten dem schweren Sarg hinterher, der in ein tiefes Loch gelassen wurde. Vielleicht blühten schon ein paar Krokusse. Manche von uns weinten ein bisschen, aber niemand jaulte, und nichts war auch nur ansatzweise neonfarben. Nach der Zeremonie machten wir uns auf den Weg zum gemeinsamen Kuchenessen. Ich ging mit meinem jüngsten Cousin zwischen den Grabsteinen hindurch und fragte ihn, wie er es fand. Er zuckte mit den Schultern. Dann strich er sich eine Strähne aus dem Gesicht und fragte mich, ob ich auch ein Kaugummi will. Es war ganz anders, und trotzdem ist alles richtig, wie es ist. Oma gehört auf einen Friedhof in Niedersachsen, neben eine Kapelle. Und A'bu gehört auf diesen Berg in Shaoxing, inmitten wilder Bambuswälder. Zum Glück ist jetzt nicht der richtige Moment, mich zu fragen, wo ich selbst hingehöre. Es ist der Moment, langsam Kreise um die Grabstelle zu ziehen.

Dreimal gehen wir an dem steinernen Altar vorbei, wir alle halten eine rote Nelke in den Händen. Auf einmal wird es unübersichtlich, nackte Schultern schieben sich an verschwitzten Hemden vorbei, Sätze und Wörter und Klagen in mindestens zwei verschiedenen Dialekten fliegen durcheinander, ich verstehe »Vorsicht!«, »Das brauchen wir nicht«, »Ich mach das«. Dann platzieren viele Männerhände die Urne in der kleinen Öffnung zwischen den Steinen, A'bus Portrait lehnt neben der offenen Grabstelle. Wieder hält jemand einen Regenschirm über das Bild und die Urne, ein anderer bedeckt sie mit einem roten Tuch aus Polyester. Der Mann, der das Grab mit seinem Meißel geöffnet hat, tritt nach vorne. Er trägt einen kleinen, dreckigen Eimer voll Mörtel in der Hand. Irgendwie mag ich ihn nicht. Das Grab wird geschlossen, die Urne verschwindet.

Ich warte, bis ich dran bin. Mit dem Beten habe ich Routine, die Choreografie kenne ich mein Leben lang. Ich stelle mich vor den Altar und senke meinen Blick. Ich lege die Handflächen vor der Brust aneinander und verbeuge mich, dreimal. Anschließend das Gleiche auf den Knien, eins, zwei, drei, jemand hat ein Kissen auf den sandigen Boden gelegt. Zuletzt beuge ich mich tief über die Erde, in meinen Handflächen bleiben ein paar Kieselsteine kleben, und meine Stirn berührt den Sand. Sand ist gar nicht so anders als Asche, denke ich, bloß weniger fein, eher körnig. Eins, zwei, drei. Dreißig Augenpaare beobachten mich. Mein Blick bleibt an den Fugen hängen, in denen der Mörtel trocknet. Es tut doch ein bisschen weh – die Vorstellung von A'bu ohne einen Körper, den ich anfassen, festhalten oder einfach nur ansehen kann. Trotzdem ist mein Schmerz nicht bereit für Publikum. Ich würde gern weinen und allen zeigen, dass auch mir so viel wehtut, aber ich kann nicht weinen während einer Choreografie. Ich stehe auf und mache Platz für den Nächsten.

Ma weint auch nicht, das macht die Sache leichter. Seit ich ein kleines Mädchen war, habe ich versucht, ihr alles nachzumachen, jedenfalls in China: das Beten, das Essen, den Shanghai-Dialekt. Sie war wie mein Kompass in dieser Welt – wenn ich die Dinge gemacht habe wie Ma, dann habe ich sie richtig gemacht. Und nun weint Ma nicht. Sowieso sieht sie nicht sehr traurig aus. Ein wenig erschöpft und ernst, ja, aber Ma wird schon immer nachgesagt, dass sie von Natur aus einen sehr ernsten Ausdruck habe. Daran muss ich jedes Mal denken, wenn sie mich darauf hinweist, ein sehr ernstes Kind gewesen zu sein. Ich weiß nicht, ob sie sich für mich und die anderen Mühe gibt, nicht zu traurig auszusehen, oder ob ihre Trauer auch einfach keinen Platz hat in diesem Moment.

»Sie war alt. Das hier ist der leichte Tod, der richtige«, hat sie zu mir gesagt, als sie mir vor zwei Wochen mitteilte, dass A'bu gestorben ist, und ich habe ihr mit allem, was ich hatte, zugestimmt, indem ich »Hm« sagte.

Ma hat die meiste Zeit der vergangenen dreißig Jahre 8.569 Kilometer entfernt von ihrer Mutter verbracht, Luftlinie. Wenn wir alle paar Jahre das Geld für die Flugtickets zusammenhatten, saß sie viele Sommernachmittage dicht neben A'bu auf dem Sofa und ließ sich von ihr den Arm kneten. Ich bin mir sicher, dass sie nie über das Warum geredet haben, das Warum-bist-du-gegangen. Es gibt darauf keine einfache Antwort, auch das klassische In-der-Hoffnung-auf-ein-besseres-Leben passt nicht so recht. Die meisten Menschen haben Hoffnung auf ein Leben, das besser ist als das ihrer Eltern. Ma hätte in China ein besseres Leben haben können, aber sie wollte vor allem ein anderes.

Wenn ich sie frage, warum sie etwas tut, sagt Ma oft, »Ich bin eben ein komischer Mensch«, und dann lacht sie. Einmal habe ich A'bu gefragt, was Ma für ein Kind war, und sie sagte, »Sie hat immer Fisch gegessen, wie eine Katze.«

Ich weiß nicht, was Ma für ein Mensch war, bevor sie meine Mutter wurde, aber ich denke, dass sie irgendwie nicht hineingepasst hat in die Wege, die man ihr vorgab. Sie wollte nicht aussehen wie alle anderen, und sie wollte nicht tun, wozu man ihr riet. Das sind keine idealen Voraussetzungen für das Leben in einem Staat, der dich nicht in Ruhe lässt. Während ich Stufe für Stufe den Berg hinuntersteige, male ich mir aus, welcher Mensch Ma nicht geworden ist. Da sind bestenfalls verschwommene Bilder: Ma als Lehrerin. Ma, ausgelassen, mit ihren Freundinnen beim Drachensteigen an einem Sonntag im Zhongshan-Park. Ma ohne die deutsche Sprache. Ma als Ehefrau eines chinesischen Professors, der sich beim Zeitunglesen mit dem Zeigefinger über den Nasenrücken reibt. Ma als Mutter einer anderen Tochter. Und Ma, die jeden Morgen um halb sieben mit A'bu Gymnastik auf dem kleinen Trainingsplatz ihres Wohnblocks in Changning macht. Ich male aus und male über den Rand. Es gibt mehr Fotos von Ma, auf denen sie in einem deutschen Schrebergarten sitzt, als Fotos von ihr in Shanghai neben ihrer Mutter.

Als wir wieder im Tal ankommen, ist es Mittag. Auf einem großen Parkplatz haben Leute aus der Nachbarschaft zwei weiße Pavillons aufgespannt und ziehen dünne Plastikfolien über die Tische. Dahinter brodelt es aus großen Töpfen, ein Mann mit einer weißen Schürze hebt ab und zu ein paar Deckel an und hält seine Nase in den Dampf, ein anderer verteilt in Plastik eingeschweißte Geschirrsets aus Porzellan auf den Tischen. Das Arrangement ist einfach, aber auch hier ist alles genau richtig. Ich habe keine Lust mehr auf die immer gleichen Restaurants mit den schweren Vorhängen und dem goldverzierten Dekor, in denen wir an runden Tischen sitzen und gläserne Platten hin und her drehen. Ich will genau hier sein, wo es keine Wände gibt, wo wir Bier und ekelhaften Schnaps trinken und lachen und Garnelenschalen neben unsere Schälchen spucken. Manchmal streift mir jemand im Vorbeigehen kurz mit der Hand über die Schultern, und ich kenne kaum eine liebevollere Berührung.

Wir gehen in kleinen Grüppchen von Tisch zu Tisch, Da Jiujiu mit seiner Frau und ihrem Sohn, Da Ayi mit ihrem Mann, meine Cousine mit ihrem Mann und ihrem kleinen Sohn, und so weiter. Alle stoßen miteinander an, sie wünschen sich ein langes Leben und Gesundheit. Ich gehe auch, gemeinsam mit Ma, wir bewegen uns als Einheit, wir heben oft unsere Gläser, und ich bin froh, dass das Bier so leicht ist.

Irgendwann sehe ich meinen Cousin neben einem Elektroroller stehen, rauchend, inspizierend. Er winkt mich zu sich, ich gehe dankbar zu ihm hinüber.

»Können wir den kurz ausleihen?«, fragt er, und ein junger Mann mit blondierten Strähnchen nickt.

Ich springe hinten auf, und wir fahren in Richtung Altstadt. Mit einer Hand halte ich mich am Roller fest, mit der anderen an meinem Cousin. Er trägt ein Armband mit dicken, hölzernen Perlen, wie ein Mönch, und in der feuchten Luft wellen sich seine Haare wie meine. Er war schon immer mein Lieblingscousin und seit er seinen Vater verloren hat, will ich ständig in seiner Nähe sein. Früher, wenn ich in den Sommerferien zu Besuch war, hat er mich zum Basketballspielen mitgenommen. Unsere wenigen Versuche, miteinander Englisch zu sprechen, sind damals schnell gescheitert. Er hat dann einfach Chinesisch mit mir geredet, und ich habe mich bemüht, ihn zu verstehen, ohne die Vokabeln zu kennen. Meistens mussten wir aber gar nicht reden. Wir saßen nebeneinander auf Parkbänken oder an Esstischen oder schlenderten durch Einkaufszentren, wo er uns Softdrinks kaufte und eine Schale voller dampfender Huntun. Seit er ein eigenes Auto hat, holt er mich vom Flughafen ab oder bringt mich hin, wenn ich nach Deutschland zurückfliege. Ich erkenne den Wagen sofort, weil er metallicblau ist und weiße Flammen über den Kotflügeln kleben. Ich habe nie darüber nachgedacht, wie viel wir uns bedeuten, bis er mir bei seiner Hochzeit vor vier Jahren in den Armen lag, in mein Seidenkleid weinte und ihm dabei dicke Tränensäcke wuchsen. Wir standen auf einer bunt beleuchteten Bühne, von den vielen Tischen starrten uns glänzende Gesichter an, und im Hintergrund lief irgendwas von Céline Dion. Jetzt fahren wir zusammen auf dem Roller durch Shaoxing, und ich fände es schön, in seine Lederjacke hineinzuweinen.

Mit den vielen Brücken, Kanälen und verwinkelten Gassen erinnert dieser Stadtteil an früher. A'bu muss hier als kleines Mädchen entlanggerannt sein, in Schwarz-Weiß, denn es gibt keine Farben vor 1930. Ich weiß so wenig über ihr Leben, wir haben lange keine gemeinsame Sprache gesprochen, und als ich Chinesisch lernte, half das nicht viel, weil A'bu da bereits schwerhörig war und ohnehin nur Shaoxing-Dialekt sprach. Was ich über ihr Leben weiß, haben mir andere erzählt, die weiteren Umstände kenne ich aus Geschichtsbüchern, Jahreszahlen reihen sich dort aneinander, als wäre nichts dabei.

Von 1927 bis 1949 war in China Bürgerkrieg. Von 1937 bis 1945 wurde dieser Krieg durch die Invasion japanischer Truppen unterbrochen. Die japanischen Soldaten begingen schwere Kriegsverbrechen. Sie mordeten, plünderten, brannten Dörfer nieder, vergewaltigten. Chinesische Kriegsgefangene und Zivilisten wurden für Menschenversuche missbraucht. Von 1958 bis 1961 herrschte die Große Chinesische Hungersnot. Schätzungen über die Opferzahlen variieren stark, die Angaben reichen von 15 bis 76 Millionen Toten. Von 1966 bis 1976 proklamierte Mao Zedong die Große Proletarische Kulturrevolution. Während dieser politischen Kampagne ließen mindestens 400.000 Menschen ihr Leben, Millionen wurden Opfer von Folter, wurden in Gefängnisse und Arbeitslager deportiert. In diese Zeit fiel auch die Landverschickung von Hunderttausenden jungen Menschen, die ihre Familien verlassen und aus den Städten in abgelegene Dörfer ziehen mussten, um dort jahrelang zu arbeiten.

Das alles geschah, während A'bu am Leben war. Ansehen konnte ich ihr das kaum. Für mich war ihr Körper einfach ein alter Körper, faltig und robust, mit blau schimmernden Adern unter einer Haut wie Seidenpapier. Ich kann mich noch gut erinnern. An ihre kräftigen grauen Haare und die gespaltenen Ohrläppchen, an den kleinen Buckel über ihrem rechten Schulterblatt, an die Oberlippe, die sich über den Tassenrand zum heißen Wasser schob, und besonders an ihre Hände.

Viele Stunden habe ich neben A'bu gesessen und sie meinen Arm kneten lassen. »Dick«, sagte sie dann meistens, oder »dünn«, und es klang wie eine Diagnose. In der Regel war ich zu Beginn eines jeden Besuchs zu dünn und gegen Ende endlich etwas dicker. Im Sommer, wenn ich meine Arme nicht in Wollpulloverärmeln verstecken musste, strich A'bus Jadearmreif über meine Haut, kühl, glatt und schwer, und ich bildete mir ein, der Stein könnte meinen aufgeheizten Körper wieder auf Normaltemperatur senken. Nichts fühlt sich an wie Jade im Sommer.

Einmal fragte ich Ma, warum A'bus Ohrläppchen gespalten sind. »Sie haben ihr die Ohrringe rausgerissen«, sagte sie. Damals war ich sehr jung, und mir fehlte der Mut, nach den Details zu fragen. Heute läuft ein Soldat durch meine Gedanken, er nähert sich einer jungen Frau, im Hintergrund tanzen rote Flammen. Dann schalte ich den Gedanken aus. Vielleicht ist es gut, dass es von manchen Geschichten keine Bilder gibt.

»Wir sind da.« Mein Cousin stoppt den Roller vor einer niedrigen Mauer. Wir haben nicht darüber gesprochen, wohin wir fahren, trotzdem bin ich nicht überrascht von unserem Ziel. Ich steige ab und schaue auf die Hütte, in der A'bu früher lebte. Hier wohnt schon lange niemand mehr. Wo mal das Dach war, klaffen jetzt viele Löcher, Schieferziegel liegen lose nebeneinander. Auf den Grundstücken nebenan sind die Häuser höher, besser erhalten und bewohnt. Links ragen lange Bambusstangen aus einem geöffneten Fenster, daran weht ein rotes Hemd zwischen Unterhosen im Wind. Auf einer Außentreppe ohne Geländer wachsen Zwiebeln in Emailleschalen.

Wir gehen auf den kleinen Hof und bleiben vor einem Brunnen stehen. Jemand hat den massiven Deckel aus Stein etwas beiseitegeschoben, ich beuge mich über das Loch, aber sehe nur Schwarz. Ich erinnere mich an einen Eimer und an meinen Ekel vor Bettpfannen.

»Hier haben wir doch früher manchmal Wasser fürs Klo geholt«, sage ich, nachdem ich mir den Satz zurechtgelegt habe, und mein Cousin nickt.

Er hebt einen kleinen Stein vom Boden auf und wirft ihn in das schwarze Loch, in Brunnen muss man immer Steine werfen. Dann zückt er sein Smartphone. Ich gehe ein paar Schritte auf die Hütte zu und schaue durch ein Fenster ohne Scheibe. Als Kind fand ich das Haus gruselig. Es war sehr dunkel, und in der Mitte des einzigen Raumes stand ein Tisch, an dem ich unter den aufmerksamen Blicken der erweiterten Verwandtschaft weißen Reis aus einem schönen Schälchen aß. Andere Gerichte lehnte ich ab, Ma war das unangenehm. Manchmal versuchte sie, mir etwas Fisch unterzujubeln, sie legte ein grätenloses Stück auf den Reis. Ich fand es entsetzlich, wie sich die Reiskörner langsam mit der dunklen Sojasoße vollsogen, und führte meine Stäbchen vorsichtig am Fisch vorbei, um nach ein paar schrumpeligen Bohnen zu greifen. »Das Kind isst wie eine buddhistische Nonne«, sagte jemand mit einem Kopfschütteln, und die Tischgesellschaft lachte.

Geblieben ist von diesem Ort fast nur Schutt, neben mir lehnt ein Wischmopp an der Wand, als könnte er hier noch irgendwas ausrichten. Die breiten Streifen aus blauem Stoff fransen an den Enden aus. Jemand könnte alte Mao-Uniformen zerrissen haben oder die Anzüge, die Reinigungskräfte beim Säubern der Straßen tragen, um daraus den Mopp zu basteln, wer weiß.

»Es ist viel kleiner, als ich es in Erinnerung hatte«, sagt mein Cousin leise, ohne den Blick von seinem Smartphone abzuwenden. Ich fahre mit den Fingerspitzen über die bröckeligen Dachziegel.

»Ich will eine mitnehmen«, sage ich.

Mein Cousin schaut auf. »Ja, ein Erinnerungsstück. Ich will auch eine.« Er greift an mir vorbei und nimmt ebenfalls eine Ziegel vom Dach. »Wir sollten Fotos machen, das Haus ist bald nicht mehr da.« Er sagt das mit Gewissheit, weil es kein schweres Gerät bräuchte, um diesen Ort völlig verschwinden zu lassen. Weil in ein paar Nächten schon ein etwas stärkerer Wind alles davontragen könnte. Oder vielleicht ziehen wir die falsche Ziegel vom Dach, und die Hütte stürzt in sich zusammen wie bei Jenga.

Ich stelle mich vor die hölzerne Tür, fast muss ich mich ducken, um mit dem Kopf nicht an die Dachbalken zu stoßen. Wahrscheinlich sehe ich sehr albern aus mit diesem Stück Schiefer in der Hand, als präsentierte ich eine steinerne Urkunde. Mein Cousin macht ein paar Fotos von mir, dann tauschen wir.

Das alles dauert nicht länger als zehn Minuten, mehr gibt es nicht zu sehen oder zu tun. Eigentlich würde ich gern noch länger bleiben, mich auf die Mauer setzen und auf die Hütte gucken, aber manchmal ist es besser, das Leben einfach weitergehen zu lassen.

Wir haben A'bu nach Hause gebracht, wir haben geweint, getrunken, uns an den Händen gehalten und Demut gespürt. Wir haben alles richtig gemacht. Trotzdem habe ich das Gefühl, etwas vergessen zu haben. Was fehlt? Dreimal drücke ich noch auf den Auslöser meiner Kamera: der Brunnen, der Wischmopp und das verblasste Wandbild eines Singvogels. Dann steige ich wieder hinter meinen Cousin auf den Roller, mit einer staubigen Ziegel in der Hand. Plötzlich fühle ich mich wie eine Diebin. Darf man etwas wegnehmen von dem Ort, an den es gehört? Ich habe kein rotes Papier mehr in den Schuhen, und niemand spannt einen Schirm über meinen Kopf.

jade (一)

A'bu mochte schöne Dinge. Sie mochte die glänzende Halskette aus Naturperlen, auch wenn sie in den letzten Jahren ihres Lebens auf die Hilfe ihrer Töchter angewiesen war, um den kleinen Drehverschluss im Nacken zu öffnen und zu schließen. Sie mochte die schwarze Handtasche, die sie nur für festliche Anlässe aus dem Karton mit dem raschelnden Papier nahm. Und sie mochte den Kamm aus geschliffenem Büffelknochen, den sie sich mit regelmäßigen Bewegungen durch ihre gewellten Haare zog.

A'bus Jadearmreif war grün-braun gefleckt und wie von einem matten Film überzogen. Im Vergleich zu den gängigen hellgrünen Modellen erschien er mir immer sehr bescheiden. Sie trug ihn mit großer Selbstverständlichkeit, ich hatte nie den Eindruck, dass er sie störte. Wann sie den Armreif bekommen hat oder von wem, weiß ich nicht. Ob sie ihn für ein schönes Ding gehalten hat, ob er für sie Schmuck war, also ein Gegenstand, der sie schmückte, weiß ich auch nicht. Er war einfach immer da, wie eine Verlängerung ihres Körpers. Ich kenne A'bu nur mit Jade. Ich erinnere mich nicht, dass sie den Armreif jemals abgenommen hätte. Nicht beim Schlafen, wenn sie sich die Hände über der Decke auf die Brust legte, und nicht beim Waschen, wenn Ayi die rosa Plastikschüssel mit heißem Wasser aufgoss und A'bu sich den klapprigen Bambushocker ins Badezimmer zog, um sich daraufzusetzen und ihren Körper mit einem Lappen abzureiben.

Die ganze Familie hat sich in Ayis Wohnzimmer versammelt, die Sitzgelegenheiten reichen nicht aus, wir kennen das und streiten uns um die unbequemsten Plätze. Der Bambushocker knatscht unter Ayis Gewicht, ich sitze mit einer halben Pobacke auf der Ecke des Sideboards und versuche, nicht an den Flatscreen oder die große Porzellanvase zu stoßen. Ma hat sich hinter den krabbenroten Ledersessel gestellt und knackt Wassermelonenkerne mit den Schneidezähnen, manche kaut sie auch ganz und spuckt die Schalen in ihre linke Faust. »Ich stehe lieber«, sagt sie, und weil alle um ihre Sportlichkeit wissen, wird ihre Aussage nicht angezweifelt. Da Ayi müsste eigentlich im Sessel sitzen, weil sie nun die Älteste ist, aber sie ist auch die Bescheidenste und die Sturste in der Familie, sogar noch sturer als Ma und ich. Deswegen lehnt sie nun mit umgebundener Schürze im Türrahmen. Ich betrachte den Kopf meines jüngsten Onkels von der Seite, im Profil sieht er aus wie Ma. Er spürt meinen Blick an der Schläfe und ruft: »Schau nur, wie weiß die Haare deines Xiao Jiujiu geworden sind, weiß wie Schnee!«

»Das steht dir aber gut«, sage ich, es klingt wie eine höfliche Floskel, aber ich meine es wirklich so.

Er steckt sich eine Zigarette an, eigentlich raucht er seit Jahren nicht mehr in geschlossenen Räumen, aber Trauer erfordert Ausnahmen und Erinnerung erfordert Qualm, der sie über den Fliesenboden tragen kann. Ohne Qualm läge sie auf dem Boden wie eine Reißzwecke, mit der Nadel nach oben.

Wir träumen uns ein paar Jahre zurück und erinnern uns an ständige Alltäglichkeit. Zwischen den Jahren gibt es kaum Unterschiede, wir sind alle jung, immer, in jedem Bild. Wie wir an dem kleinen, quadratischen Holztisch mit der Glasplatte zu Mittag aßen und danach drei Schritte weiter im Sofa versanken, im Fernsehen lief ein Historiendrama, die Heldin sprang in flatterndem Gewand zwischen Baumwipfeln umher, A'bu saß an ihrem Platz, drehte den Kopf in alle Richtungen und guckte zufrieden auf ihre große Familie.

»Wie ihr der Spinat zwischen den Zähnen hing, wisst ihr das noch«, sagt Xiao Jiujiu, und niemand antwortet, weil alle wissen, dass es keine Frage war.

»Wie man sich ganz nah an ihr gutes Ohr beugen musste und die Sätze hineinschreien.«

»Wie wir uns über ihre gesunde Verdauung freuten, wenn sie pupste.«

»Wie sie den rechten, krummen Zeigefinger hob, wenn sie etwas sehr Wichtiges zu erzählen hatte.«

Wir wissen noch.

Für mich altert dieser Ort nicht, diese Wohnung mit uns in ihr. In jeder meiner Erinnerungen sind wir dieselben, und auch A'bu bleibt mit uns, sogar jetzt, in ihrem Fehlen. Neben der Eingangstür hängt Ayi jedes Jahr einen Kalender auf, der das gregorianische Datum und das Datum des Mondkalenders zeigt. 2017, 2014, 2011, 2010, 2007, 2005, 2003, 2001, 1997, 1994, 1990. Jeden Morgen reißt sie eines der dünnen Blätter ab, nur die Farbe der Zahlen und Zeichen ändert sich. Von einem Jahr auf das andere kann sich draußen so viel verändern: Es gibt eine neue Bushaltestelle und einen frisch begrünten Mittelstreifen, die Nachbarin parkt neuerdings ihren Buick SUV auf dem schmalen Weg vor dem Haustor und macht so das Wenden noch unmöglicher, der Osmanthus trägt seit meinem letzten Besuch keine Blüten mehr – aber in dieser Wohnung bleibt alles gleich. Die Einrichtung, die Abläufe, die Familie als Mobile. Ich fürchte, ich kann nur einen einzigen »Wisst ihr noch«-Satz bilden, er lautet: »Wisst ihr noch, die ganze Zeit?«. Aber würden sie wissen, was ich meine? Sie waren die ganze Zeit hier, für sie ist es normal, dass die Dinge sich verändern. Ich hingegen wollte uns konservieren, all diese Jahre, sodass wir miteinander ewig auf Werkseinstellung laufen: 2017, 2014, 2011, 2010, 2007, 2005, 2003, 2001, 1997, 1994, 1990.

Am letzten Freitag haben wir Geld und Feuer gemacht. Ma, ihre Schwestern und ich saßen in der Nachmittagssonne, die sich mehr nach Herbst anfühlte als nach Frühling. Wir kauten auf Zahnstochern herum, tranken losen grünen Tee aus hohen Gläsern und falteten das silberne Geld für die Toten.

Ich habe A'bu früher gern beim Geldmachen beobachtet. Immer, wenn wir den Ahnen gedachten, mussten wir ihnen Geld schicken. Heute kann man die fertigen Schiffchen kaufen, damals hat A'bu sogar das Silberpapier selbst gemacht. Sie stand vor dem niedrigen Marmortisch in Ayis Wintergarten und legte hauchdünne Silberblättchen auf hellgelbe Papierbögen, dann zog sie ein längliches Stück Holz darüber. A'bu versilberte Papier, und dann faltete sie es.

Ma, ihre Schwestern und ich haben einen Schritt übersprungen, wir kauften das Silberpapier. Im Tausch gegen ein wenig Bequemlichkeit ist das okay. Trotzdem verläuft irgendwo eine Grenze, und ohne von ihr gewusst zu haben, waren wir uns alle einig, nicht alles auf einmal überspringen zu dürfen. Also falteten wir, und dann steckten wir die Schiffchen in große Tüten. Irgendwann stand Da Ayi auf, verschwand in der Küche und faltete dort Huntun fürs Abendessen.

Draußen auf dem Hof legten die Onkel derweil Backsteine aufeinander und bildeten eine sichere Unterlage für das Feuer. Sie hoben eine große Messingschale auf die Steine, und dann legten wir die wenigen Kleider, die A'bu besaß und die niemand mehr als Andenken behalten wollte, in die Schale hinein. Xiao Jiujiu machte ein Feuer, und ich lernte, dass beim Verbrennen von Kleidern schwarzer Rauch aufsteigt. Ein paar Meter daneben verbrannten wir die Tüten mit dem Silbergeld.

Ma hat A'bus Daunenjacke mit den Knotenknöpfen behalten, die so klein ist, dass sie einem Kind passen würde. Und die gepunktete weiße Seidenbluse, die sie ihr vor vielen Jahren geschenkt und zuvor selbst getragen hatte. A'bu zog die Bluse zu festlichen Anlässen an und bekam immer viele Komplimente dafür. Das Lob hat A'bu gut gefallen und Ma stolz gemacht.

Nach den Klamotten verbrannten wir ein buntes Haus aus Pappe, dreistöckig und mit aufgedruckten Gottheiten und Phönixen. Es hatte sogar eine Zufahrt mit Sonnenschirmen und einem Parkplatz, obwohl A'bu nicht Auto fahren konnte. Es war beinahe so groß wie ich. Wir schickten ihr das alles nach, es soll ihr niemals an etwas fehlen, nicht in dieser Welt und auch nicht in einer anderen. Und ich wünschte, ich könnte auch durch das Feuer gehen, hin und her, wann immer ich möchte. Ich bin es nicht gewohnt, dass eine Reise unmöglich ist.

Ich stand ein paar Schritte vom Feuer entfernt, verschränkte meine Hände auf dem Rücken wie eine alte Frau und stellte mir vor, wie A'bu das Haus bezieht. Ich musste lachen, so absurd war die Vorstellung. A'bu hatte nie eine eigene Wohnung oder ein eigenes Zimmer. Ihre Dinge lagen immer zwischen denen ihrer Töchter und sie selbst genauso. Seit ich denken kann, lebte sie abwechselnd bei ihnen, zuletzt stand ihr Feldbett in dem winzigen Anbau neben Ayis Schlafzimmer, keine drei Schritte von Ayis Ehebett entfernt. Um ihr Bett herum türmten sich über die Jahre immer mehr Geschenkkartons auf, die sie zu verschiedenen Anlässen von Nachbarn und Bekannten bekommen hatte.

Die meisten davon hatte sie niemals geöffnet, sondern schenkte sie mit den besten Wünschen weiter. Im Gegenzug kamen neue dazu. Auf den Verpackungen bewarben geschwungene Zeichen exzellente Inhalte: *exzellente grüne Rosinen aus Xinjiang, exzellente Butterkekse (Import), exzellente Mondkuchen mit roter Bohnenpaste.* Lauter exzellente Geschenke am Kopf- und Fußende des schmalen Feldbetts, auf dem A'bu schlief wie eine Statue. Manchmal, wenn sie Mittagsschlaf machte, schaute ich vorsichtig durch die leicht geöffnete Tür, und ich fand, dass meine ruhende A'bu ein Gemälde war und die Geschenkkartontürme um sie herum ein großer Rahmen. So soll es bleiben, dachte ich, während das Papierhaus vor mir zu grauen Fetzen zerfiel. Nicht das Feuer als letztes Bild, sondern der geborgenste Schlaf.

Meine Cousine hält mir einen Teller geschnittenes Obst unter die Nase. Ich greife wahllos zu, dann stellt sie den Teller auf den Tisch, und aus allen Richtungen schnellen Hände auf ihn zu. Ich beiße in eine Orangenspalte, sauge den wenigen Saft zwischen den Zähnen durch und wünschte, es wäre Birnenzeit.

»A'bu hat das Silberpapier früher selbst gemacht, so mit der Hand, oder?«, frage ich meine Cousine, die sich breitbeinig neben mich auf einen Plastikschemel setzt. Ich frage, obwohl ich weiß, wie es war.

»Ja, so viel Arbeit. Früher war Geldmachen noch viel unbequemer.«

»Stimmt«, ruft Xiao Jiujiu zu uns rüber und hebt

dabei sein Glas. Er ist angetrunken. »Danken wir den Vorfahren für ihre harte Arbeit! Ohne sie würde es uns jetzt niemals so gut gehen!«

Alle, die ein Glas haben, heben ihr Glas. Der älteste Cousin trinkt eigentlich keinen Alkohol, jetzt kippt er sich einen winzigen Schluck Huangjiu in den Rachen. Ich kenne niemanden, der so viele Jobs hat wie er. Er arbeitet als Koch, nebenbei fährt er wichtige Leute in Limousinen von Termin zu Termin, außerdem vermittelt er Sachen an Leute – Wohnungen, Jobs, manchmal vermittelt er sogar einen einsamen Menschen an einen anderen, glaube ich –, und abends spielt er Majiang und betrachtet währenddessen Aktienkurse auf seinem Handy. Er ist immer sehr müde. Die Müdigkeit hat sich um seinen Körper gewickelt wie ein nasses Handtuch. Irgendwann schiebt Ayi die Teller mit dem restlichen Obst zum Schutz vor den Fliegen unter einen Schirm aus rosa Spitze.

»A'bu hätte jetzt den Tisch gewischt«, sagt die Cousine.

»Oberflächen sauber zu halten, war schon als Kind ihre Aufgabe im Haushalt«, sagt Ayi.

»Und später war es meine«, sagt Ma.

»Wisst ihr noch, dieses Geräusch?«, versuche ich es nun doch, und alle wissen noch, natürlich.

Es klang, als würde etwas kaputtgehen, aber es ging niemals etwas kaputt. A'bu war auf einem Ohr fast taub. »Ist doch gar nicht schlecht«, hat Ma manchmal gesagt, »immerhin muss sie nicht mehr das Geschwätz der Leute hören.« Denn die Leute schwätzen viel.

Wahrscheinlich hat sie nicht einmal das Geräusch gehört, Jade auf Glas. Sie ging nur sehr gewissenhaft mit dem Lappen ihrer Aufgabe nach. Trotzdem war der Tisch hinterher nie ganz sauber, meistens blieb irgendwo ein kleines Stück Frühlingszwiebel zurück oder ein Reiskorn. Immer, wenn sich der Armreif auf die Tischplatte senkte, machte es *kling,* und dann schleifte er an A'bus dünnem Handgelenk hinter dem Lappen her über die Glasplatte. Obwohl mir das Geräusch so vertraut war, schreckte jedes Mal etwas in mir zusammen, *kling, drrrrrrrr, kling* – was, wenn er doch mal brechen würde? Ayi wischte den Tisch noch einmal, wenn A'bu nicht hinsah. A'bu konnte zuletzt auch nicht mehr so gut sehen, aber allen war es wichtig, dass sie eine Aufgabe hatte.

Mein Gesicht ist warm, es glüht ein bisschen, seit ich den Dingen beim Verbrennen zugesehen habe. Die Kleider, das Papphaus, das Silbergeld – das Feuer hat alles woandershin getragen, so, wie es auch A'bu woandershin getragen hat.

»Was ist eigentlich mit dem Armreif, hat den jemand behalten?«, frage ich Ma.

»Nein, der ist immer noch bei ihr«, sagt sie. »Er liegt in der Urne auf dem Berg.«

träume

»Gestern haben sie mich im Traum besucht.«

»Wer?«

»Alle, die schon gegangen sind. Mein Baba. Meine Mama. Mein Bruder. Deine Oma. Deine Tante.«

»Was hast du geträumt?«

»Sie waren alle da.«

»War es ein guter Traum?«

»Ja.«

Ma und ich sitzen in der Küche. Die Küche ist ihr liebster Ort im ganzen Haus. Oft verbringt sie fast den ganzen Tag hier, wenn es das Wetter zulässt, geht sie zwischendurch raus in den kleinen Garten. Wenn nicht, guckt sie durch die Glastür nach draußen. Jetzt sitzt sie, wie fast immer am Abend, auf dem Stuhl am Kopfende des Esstischs. An der Wand neben ihr hängen ein großer Kunstdruck von Monets Seerosenteich, gerahmte Stickereien von kleinen Vögeln und ein Rollbild mit einer chinesischen Kalligraphie. Ich habe es aufgegeben, nach Sonnenuntergang in die Küche zu gehen und Ma zu fragen, warum sie im Dunkeln sitzt. Ich stehe ein paar Schritte von ihr entfernt und betrachte ihren Umriss vor dem Fenster. Sie trägt den blaubeersorbetfarbenen Kapuzenpullover, den sie mir mal zu Weihnachten geschenkt hat. Ich habe ihn fast nie angezogen, also habe ich ihn ihr wieder mitgebracht. Ma mag ihn sehr. Außerdem trägt sie eine graue Jogginghose und selbst gestrickte Wollsocken. In der rechten Hand hält sie einen Zahnstocher.

»Was haben sie denn gemacht in deinem Traum?«

Sie runzelt die Stirn. Ich kann ihr Gesicht nicht mehr genau erkennen, aber bin mir sicher, dass sie es tut. Sie macht das, wenn sie nachdenkt. Draußen im Garten gehen die Solarlampen an.

»Wir wollten einen Ausflug machen. Ich musste eine Tasche packen, aber habe irgendwas nicht gefunden, irgendwas Wichtiges. Ich habe gesagt, dass sie schon ohne mich gehen sollen, und dann waren sie plötzlich weg.«

»Ich kann mich meistens gar nicht mehr an meine Träume erinnern.«

»Das konnte ich früher auch nicht.«

Sie sagt das, als würde ich noch hineinwachsen in diese Fähigkeit, als wäre ihr Leben an ausgewählten Stellen eine Schablone für meines.

»Hm. Aber warum geht es jetzt?«

»Tja, keine Ahnung. Manche Sachen passieren eben so im Leben«, sagt Ma und lacht. Ihre Antwort reicht mir nicht.

»Wann bist du das letzte Mal in Ohnmacht gefallen?«

»Lange nicht mehr. Wieso?« Sie runzelt die Stirn.

»Na ja, du hast mir immer erzählt, dass du früher dauernd in Ohnmacht gefallen bist, und ich bin früher auch dauernd in Ohnmacht gefallen, aber jetzt nicht mehr so oft.«

»Weil du meine Tochter bist.«

In der Dunkelheit der Küche werden alle Farben zu einem einzigen, wohlwollenden Blau. Zwischen Mas Gesicht und Monets Seerosen gibt es kaum noch Unterschiede. Was, wenn diese Dinge zusammengehören? Das Träumen, die fehlende Erinnerung, die Ohnmacht.

»Eigentlich ist das alles ganz ähnlich«, sage ich.

»Was?«

»Schlafen, träumen, und ohnmächtig sein, man ist nicht wach, man ist weg, irgendwie. Woanders.«

Ich glaube, Ma langsam nicken zu sehen.

Ich hatte immer ein merkwürdiges Verhältnis zu diesen Zuständen, zum Nicht-wach-Sein. Chronologisch betrachtet, gab es drei aufeinanderfolgende Phasen: Schlafwandeln, Albträume, Ohnmacht. Zuletzt war es die Ohnmacht, und ich fürchte, ich bin sie noch immer nicht ganz los. Bis vor ein paar Jahren bin ich häufig in Ohnmacht gefallen, wahrscheinlich war mein Blutdruck zu niedrig. Ich weiß es nicht mit Sicherheit, weil das nie untersucht worden ist. »Es ist einfach das Gleiche wie bei mir früher«, sagte Ma, und auch sie war nie deswegen beim Arzt. Niemals würde sie jemandem erlauben, ihren Körper aufzuschneiden. Nicht, weil sie der Medizin misstraut, sondern denen, die sie ausführen.

Ma hat mir unzählige Male erzählt, wie auch sie in ihrer Jugend das Bewusstsein verlor. Oft tupfte sie mir dabei mit einem feuchten Lappen über die Stirn, während ich gerade wieder zu mir kam und mein Kopf in ihrem Schoß lag. Es half zu wissen, dass ich nicht die Einzige war. Bevor ich das Bewusstsein verlor, verkrampfte sich mein Unterleib, und ein dumpfer Schmerz rauschte durch meinen Körper. Ich bin mir nicht sicher, ob die Ohnmacht eine natürliche Reaktion darauf war. Bei Ma war es ähnlich, nur war sie besser darin, die Zähne zusammenzubeißen. Ich bin zimperlich mit körperlichen Schmerzen. Wenn Ma sagt, »Du bist doch nicht aus Zucker!«, dann will ich am liebsten antworten: »Doch. Doch, das bin ich.«

Meine Ohnmacht ist wie eine Erbkrankheit, oder vielleicht nicht unbedingt eine Krankheit, eher eine Kondition, denn es gab ja nie eine Diagnose. Einmal bin ich in der Schule ohnmächtig geworden, auf dem Weg zur Tafel zwischen den Tischreihen wurde mir plötzlich schwindelig. Es war, als wären meine Beine verschwunden, und das Nächste, woran ich mich erinnere, sind die vielen besorgten Gesichter über mir. Mein Lehrer wollte einen Krankenwagen rufen, aber ich hatte meinen Freundinnen längst erzählt, dass mir das manchmal passiert. Dass es kein Grund zur Panik ist und schon gar kein Grund für einen Krankenwagen, solange ich wieder zu mir komme, wenn sie mir ein paar vorsichtige Ohrfeigen geben. Ein anderes Mal bin ich im Badezimmer umgekippt, ich war allein zu Hause. Zum Glück kannte ich das Gefühl einer sich anbahnenden Ohnmacht schon so gut, dass ich es noch schaffte, mich auf den Boden zu setzen, bevor das Flimmern vor meinen Augen zu einer schwarzen Wand wurde. Als ich wieder zu mir kam, zitterte ich, mein Rücken tat weh und mein Körper war von kaltem Schweiß überzogen. Mein Blick wanderte von der Zimmerdecke in Richtung der Wanduhr, die Zeiger wiesen darauf hin, dass etwa zwanzig Minuten vergangen waren. Ich wüsste gern, wo ich in diesen zwanzig Minuten war und ob es gefährlich gewesen ist.

Vor der Phase der Ohnmacht lag die Phase der Albträume. Sie begann, als ich etwa sechs Jahre alt war, und dauerte ungefähr bis zu meinem zwölften Lebensjahr. Auch an meine Albträume kann ich mich nicht erinnern, ich weiß nur, dass ich oft von meinen eigenen Schreien aufwachte. Manchmal schlief ich direkt danach wieder ein und hatte am nächsten Morgen alles vergessen. Das nächtliche Schreien war mir so peinlich, dass ich mich kaum traute, woanders zu übernachten oder Freundinnen über Nacht zu mir einzuladen. Mittlerweile schreie ich nicht mehr im Schlaf. Ich schreie sowieso so gut wie nie. Es könnte sein, dass ich in den Albtraumnächten alles aus mir herausgeschrien habe, genug für ein Leben.

Davor, noch vor der Phase der Albträume, lag die Phase des Schlafwandelns. Sie kann ich mir am wenigsten erklären. Dass ein Körper in einem Zustand sein kann, in dem alles Erlernte funktioniert, aber man dennoch nicht wirklich wach ist, jedenfalls nicht in dieser Welt. Ma erzählt oft die Geschichte, in der ihre Tochter, keine fünf Jahre alt, im Schlaf aufsteht und oben an der Treppenkante stehen bleibt. Manchmal war sie so besorgt, dass sie nicht schlafen konnte und nach dem Geräusch meiner Schritte lauschte.

»托梦«, sagt Ma in die dunkle Küche hinein.

»Was?«

»托梦, das heißt so was wie einen Traum schicken. Die Person, von der du träumst, vertraut sich dir an. Sie kommt zu dir. Sie entscheidet.«

In meinem Kopf verzwirbeln sich Gedanken. Ma bekommt nachts Besuch von den Toten. Mich besuchen sie tagsüber, dachte ich jedenfalls. Wahrscheinlich zählt das nicht mal als Besuch, ich versuche, sie zu mir zu holen. Manchmal rauche ich eine Zigarette, um nicht zu vergessen, wie mein Jiujiu seine Zigaretten rauchte, bevor er starb. Ma trifft ihn nachts, ohne dass sie etwas dafür tun muss, er schickt ihr einen Traum. Vielleicht darf ich es nicht steuern wollen, denke ich. Vielleicht muss ich machtlos und ohne Kontrolle sein, damit diese Dinge einfach passieren. Schlafwandel, Albträume, Ohnmacht.

»Das heißt, ich kann nichts machen. Entweder sie kommen, oder sie kommen eben nicht.«

»Du musst nur warten«, sagt Ma.

»Ich hasse warten«, sage ich, und Ma stößt einen Seufzer an ihrem Zahnstocher vorbei.

»Wovon hast du geträumt, als du in meinem Alter warst?«

»Hm. Ich weiß nicht. Ich muss überlegen, wie ich damals so war.«

Ma massiert mit einer Hand ihren linken Fuß. Ich stelle mich auf die Zehenspitzen und dann wieder auf die ganze Fußfläche, auf und ab. Sie macht das auch oft, wenn sie steht. Wir schweigen ein bisschen.

Vor ein paar Monaten habe ich ein Foto gefunden, auf dessen Rückseite mit Bleistift *1978* geschrieben stand. Wenn die Jahreszahl stimmt, zeigt es Ma mit dreiundzwanzig Jahren, vier Jahre jünger, als ich jetzt bin. Auf dem Foto trägt sie zwei geflochtene Zöpfe, eine kurzärmelige Bluse und einen Faltenrock. Sie steht auf dem Platz des Himmlischen Friedens in Beijing, im Hintergrund ist unscharf das Mao-Porträt zu erkennen. Ma sieht auf dem Bild aus wie ein anderer Mensch. Wahrscheinlich war sie ein anderer Mensch, auf jeden Fall war sie noch lange nicht meine Mutter.

»人身自由，成名成家，美好生活.«

Ich wiederhole ihre Worte. Ma wartet darauf, dass ich sie übersetze. Manchmal ist sie wie eine Lehrerin.

»Also Freiheit. Und – es zu etwas bringen? Und ein gutes Leben.«

»Ja.«

»Okay. Und was bedeutet Freiheit für dich? Und ein gutes Leben?«

»Das kann niemand genau sagen. Man kann nur davon träumen und sich bemühen.«

»Aha. Sehr weise.«

Wir lachen.

»Und ›es zu etwas bringen‹ – was heißt das genau?«

»Das heißt, sozusagen, immer weiter lernen, immer besser werden, gebildeter. Es bedeutet, dass man kein einfacher Arbeiter bleiben will, keine Bäuerin und auch kein Soldat in der Volksbefreiungsarmee.«

»Sondern?«

»Zum Beispiel Künstlerin oder Wissenschaftler.«

Ma ist nichts davon geworden. Sie hat als Dolmetscherin ab und zu für einen großen deutschen Automobilkonzern gearbeitet. Weil ihr Abschluss hier nicht anerkannt wurde und die Weiterbildung teuer war, blieb es beim Ab-und-zu. Sie wurde auch mal gefragt, ob sie für den Verfassungsschutz arbeiten will, das wäre sehr gut bezahlt gewesen, im Gegenzug hätte aber auch sie sehr viel dafür bezahlen müssen, und ein Leben voller Geheimnisse wollte sie nicht. Dann wurde sie meine Mutter und legte alles, was sie hatte, in mich und um mich herum.

»Findest du, deine Träume sind wahr geworden?«

»Der zweite Punkt nicht. Aber das ist okay. In meinem Alter braucht man keine Träume mehr.«

Ich will entgegnen, dass Träume im Alter doch nicht einfach verschwinden, dass man immer träumen soll, egal, ob als Kind oder zwanzig Jahre später oder wenn man in Rente ist. Aber meine Verhandlungsposition ist nicht die beste. Was weiß ich schon vom Leben mit fünfundsechzig? Ich rechne mir aus, wie viel Zeit mir bleibt, bis ich keine Träume mehr brauche.

»Und was ist dein Traum?«, fragt Ma.

Ich stelle ihr lieber Fragen, als ihre zu beantworten.

»Hm. Eigentlich ganz ähnlich wie bei dir damals.«

Ma knetet jetzt den anderen Fuß und nickt. Ich weiß nicht genau, ob das eine Reaktion auf meine Antwort ist, eine Zustimmung, dass ihre Träume auch für mein Leben geeignet sind. Vielleicht? Vielleicht ist es auch nur eine gute Nackenübung.

»Weißt du, letztens konnte ich mich doch erinnern an einen Traum.«

»Was war das Thema?«

»A'bu und Oma.«

»Interessant. Was ist passiert?«

»Hm. Wir haben Händchen gehalten.«

Ich lache wieder. Ma lacht auch und scheint zufrieden mit der kurzen Antwort. Wir müssen nicht immer alles aussprechen.

»Erinnerst du dich noch an die Hände deiner Mama?«

»Natürlich. Die Hände der Mutter vergisst man niemals.«

Ich halte mir die linke Hand dicht vor die Augen. Mittlerweile kann ich nur noch Umrisse erkennen.

»Du hast so kleine Hände!« Sie sagt immer über meine Hände und Füße, dass sie eigentlich nicht zu meinem Körper passen, dass sie zu früh mit dem Wachsen aufgehört haben.

»Ich weiß.«

»Wie ein Kind.«

»Ja, na ja. Ich bin ja auch ein Kind. Also deins.«

Und wir lachen im Dunkeln.

Ich schlafe ein.

Meine Beine baumeln über dem Abgrund. Es geht tief nach unten, ich sitze auf einem überdimensional großen Stuhl, das Holz fühlt sich kühl an, sogar durch meine Hose hindurch. Ich sitze zwischen Oma und A'bu und halte sie an den Händen. Beide sind mindestens zehn Meter von mir entfernt, ich kann sie trotzdem an den Händen halten, auch sie sitzen auf diesen komischen riesigen Stühlen. Aus der Entfernung sehen unsere Körper bestimmt alle gleich klein aus, obwohl ich einen Kopf größer bin als Oma und zwei Köpfe größer als A'bu. Die Stühle sind so groß wie Einfamilienhäuser, ihre geschwungenen Beine so dick wie Baumstämme. Die Aussicht ist schön. Neben uns wiegen Bäume ihre Kronen im Wind, zwischen den Stuhlbeinen schlängelt sich ein Fluss hindurch, in der Ferne rollt ein großer Vollmond über ein Berggipfelpanorama.

»有山有水«, sagt A'bu, und Oma nickt und sagt, dass ihr Berge und Wasser immer schon gut gefallen haben.

Omas Hände sind etwa so groß wie meine, die Nägel sind oval und kaum vergilbt, ihr goldener Ehering ein wenig zu eng, er sieht aus, als könnte sie ihn kaum noch abziehen. Besonders mag ich Omas Handballen, die sind kräftig und glatt wie Kartoffelkloßteig, und ich mag ihre Hände auf dem leicht verstimmten Klavier, wenn sie an Weihnachten *O du fröhliche* spielen, im Wohnzimmer des Eckhauses über dem Penny-Markt. Die Töne fordern die ganze Familie auf, sich um Oma, das Klavier und den Tannenbaum zu versammeln und gemeinsam zu singen. Auf *O du fröhliche* folgt *Ihr Kinderlein kommet*. Am meisten liebe ich *Stille Nacht*, obwohl die Tonlage viel zu hoch für mich ist.

A'bus Hände sind kleiner als meine, knochig und schmal. Die Haut ist dünn, faltig und trotzdem weich, altersgefleckt und durchzogen von grünblauen Adern. Ihre Fingernägel sind gelb wie alte Dokumente, kurz und rund, nur den Nagel ihres kleinen Fingers lässt sie etwas länger wachsen, um sich besser kratzen zu können. Am Ringfinger der anderen Hand trägt auch sie einen Ehering. Als Kind dachte ich, er sei aus Gold, aber wenn ich ihn jetzt genauer betrachte, sieht er zu leicht und zu matt aus. Vielleicht Messing. Der Ring sitzt locker. Wie oft er A'bu wohl vom Finger gerutscht ist? Hier würde er tief fallen, wahrscheinlich in den Fluss hinein. Ob es ein Fest gab, als sie meinen A'gong heiratete? Ob sie ihn heiraten wollte, oder es einfach dazugehörte zum Leben, wie Zähneputzen?

A'bu klopft sich mit ihrer freien Hand auf die Schulter und den unteren Rücken. Sie schwingt den Arm neben ihrem kleinen Körper hin und her, führt erst die rechte Hand zur linken Schulter und dann zur rechten Niere. Am meisten mag ich ihre Hände, wenn sie meinen Arm entlangfahren, wenn sie einen Suppenlöffel zum Mund führen oder sie ihre Lendenwirbelsäule stützen, so, wie Schwangere es manchmal tun, wenn A'bu ihre Hüfte kreisen lässt, erst im Uhrzeigersinn und dann andersherum.

»Woher kennt ihr euch eigentlich?«, frage ich.

»Aus dem Fotoalbum und von deinen Geschichten«, sagt Oma und drückt meine Hand fester.

»Ihr habt viel gemeinsam«, sage ich und gucke dem Mond beim Rollen zu. »Zum Beispiel Kinder.«

A'bu nickt. Sie hat sechs Kinder bekommen, drei Jungen, drei Mädchen. Sie alle tragen Namen, die sie miteinander verbinden. Manchmal trugen sie sich gegenseitig zu A'bu, die irgendwo am anderen Ende der Stadt als Haushaltshilfe arbeitete. Die Älteren trugen die Jüngeren, viele Kilometer, damit A'bu sie in der Mittagspause stillen konnte. A'bu und ihre Kinder trugen außerdem rote Steine, stapelten sie aufeinander und bauten aus ihnen ein Haus mit zwei Etagen und Blick aufs Feld.

»Dort, wo das Feld den Stadtrand markierte, ist heute das Zentrum von Shanghai!«, sagt A'bu.

Oma nickt, als wäre sie schon einmal dort gewesen. Sie hat acht Kinder bekommen, fünf Jungen und drei Mädchen. Ihre Namen sind einfach Namen, und sie trugen einander nie durch die Stadt. Dafür trugen sie mit Oma zusammen Berge von Wäsche, Geschirr und Verantwortung für einen großen Haushalt. Viel später im Leben verlor A'bu einen Sohn an Krebs. Sie musste dabei sein, als er begraben wurde, ihre Hände mussten über seinen Sarg streichen und feststellen, dass sich nicht jede Träne auffangen lässt. Oma wäre es beinahe ähnlich ergangen, aber dann durfte sie doch kurz vor ihrer Tochter gehen. »Ich habe Angst«, sagte sie zu mir, als ich sie das letzte Mal im Krankenhaus besuchte. Vor dem Ende suchten ihre Hände Gott, als ob man Gott anfassen könnte. Sie verirrten sich kurz, und dann fanden sie ihn wieder, gerade noch rechtzeitig.

»Und wir kennen den Krieg«, sagt Oma sehr laut, und A'bu nickt wieder. Dabei drücken sie meine Hände noch fester.

»Die Japaner«, ruft A'bu mit zittriger Stimme.

»Die Kommunisten«, ruft Oma und hustet.

Ich weiß nicht, was A'bus Hände taten, als die Soldaten ihr die Ohrringe herausrissen. Viel später fuhren ihre Finger manchmal sanft über die gespaltenen Ohrläppchen. Ich weiß auch nicht, was Omas Hände taten, als die Nazis begannen, Juden zu deportieren. Viel später schenkten sie mir ein Buch mit dem Titel *Als Hitler das rosa Kaninchen stahl.* Jetzt krallen sich Fingernägel in meine Handflächen.

»Au!«, rufe ich. Aber Oma und A'bu schauen stur geradeaus.

Der Mond rollt nicht mehr über die Gipfel. Er ist stehen geblieben und dehnt sich aus, immer größer wird er, als würde er mit einer Luftpumpe aufgeblasen. Er ist so riesig, dass die gesamte Landschaft hinter ihm verschwindet, und strahlt so hell, dass ich meine Augen kaum offen halten kann. Plötzlich beginnt er zu wanken, wie eine Münze, die sich auf der Kante um ihre eigene Achse gedreht hat und nun langsam gegen die Schwerkraft verliert.

»Vorsicht, der Mond!«, schreie ich.

Wir lassen uns los, der Mond kippt nach vorne,

direkt auf uns zu, ich will in den Fluss springen, aber mein Körper bewegt sich nicht, also schaue ich nur zum Mond, der unausweichlich näher kommt. Ich presse mir die Hände vor die Augen und warte darauf, vom Mond erschlagen zu werden. Ich warte und warte. Aber es passiert nichts.

Als ich die Augen vorsichtig wieder öffne, liegt er vor uns wie eine große runde Tischplatte. Ein dünner Riss zieht sich durch die leuchtende Fläche, die Stühle schrumpfen, und Oma schiebt sich eine Stoffserviette in den Kragen.

Zwölf Teller fallen auf den Mond, *kling* macht es, als sie auf der harten Oberfläche landen, aber sie zerbrechen nicht. Der Mond liegt etwas zu dicht am Buffet mit den verschnörkelten Schlüsseln, wo das gute Sonntagsgeschirr aufbewahrt wird. Das Geschirr ist weiß und blau. Zwölf Teller, die in der Mitte des Tisches vor sich hin dampfen. Eine Fleischkomponente, eine Kartoffelkomponente und etwas zerkochtes Gemüse. Gefaltete Hände, ein Tischgebet: »Lieber Gott, ich danke dir, dass du gabst zu essen mir, mache auch den Armen satt, der vielleicht noch Hunger hat. Amen.« Oma betet am lautesten. Auf den anderen Stühlen nehmen Leute Platz, ich kann sie nicht richtig erkennen.

Ich fahre mit den Händen über die gebügelte weiße Tischdecke und denke an eine dünne, knisternde Tischdecke aus Plastik. An der vergilbten Tapete neben dem Schrank, in dem sich die Fotoalben und die Gesellschaftsspiele befinden, hängen Fotos von denen, die sich jetzt die Bäuche vollschlagen. Von der Wand gegenüber sehen die Toten in Schwarz-Weiß dabei zu.

»An keinem Tisch nehmen nur die Lebenden Platz«, murmelt A'bu.

Kartoffelklöße, Leipziger Allerlei, Rotkohl, Kasseler, braune Soße in einer Sauciere, die in Wahrheit eine Wunderlampe ist. Rotkohl macht lila Flecken auf der Tischdecke. Ich halte einen kleinen, angelaufenen Silberlöffel, dessen Ende eine Rosenblüte formt, und ich denke an einen breiteren Porzellanlöffel, über den sich transparente Ovale verteilen, die aussehen wie Reiskörner oder abgezupfte Gänseblümchenblütenblätter. Der Löffel ist weiß und blau.

»Sehr gut, die Kartoffelklöße!«, ruft jemand in Omas Richtung, »ja, wirklich ausgezeichnet!«, pflichtet eine raue Stimme bei.

Die Männer bekommen Nachschlag, die Frauen behaupten nach anderthalb Klößen, sie wären schon voll. Ein großer Topf Reis steht direkt vor mir, ich kratze mit meinem Löffel ein wenig darin herum und bemühe mich, nicht zu tief zu graben.

»Will noch wer?«, frage ich, aber niemand antwortet. Mädchen schieben die Hände über ihre Schälchen. Die Älteren schauen besorgt.

»Reis hat mir mal das Leben gerettet. Und wer nur ein einziges Reiskorn übrig lässt, wird vom Blitz erschlagen«, betont A'bu, während die anderen Frauen mit geneigten Köpfen nach den Morcheln greifen.

Rotkohl, 白菜, Kartoffelklöße, 饺子, grüne Bohnen, 虾, ein Topf Suppe, und 鱼, so zart, dass er fast zerfällt. Eine schmale Gestalt pickt sich die Fischaugen heraus und gibt damit vor denen an, die sich ekeln. Ich schiebe mit den Stäbchen das weiße Fleisch von den Gräten hinunter und lege es in A'bus Schälchen. A'bu hat es am liebsten, wenn ihr ältester Enkelsohn das tut, aber sie lacht auch mich an. 木耳, Koteletts fast ohne Fett, geleeartige Schwarte, wabbelnde Würfel, die in der dunkelroten Soße langsam zu Dominosteinen werden, 毛豆, und klebrig-süße Lotuswurzel. Auf dem raschelnden Plastik wachsen kleine Türme aus Garnelenschalen, zerkauten Bohnen und Gräten in die Höhe.

»Willst du noch was? Nachtisch?«, fragt Oma und wuchtet aus dem Nichts eine Zwei-Liter-Packung Vanilleeis auf den Tisch.

»Hast du Fleisch gegessen?«, fragt A'bu und platziert einen glänzenden Dominostein auf meinem Teller.

»Nein«, sage ich, »nein, ich hatte schon alles, baicai, jiaozi, lüdou, xia, yu, mu'er, paigu, maodou – 饱了,饱了, ich bin so satt!« Ich lasse meinen restlichen Reis in einer Kelle heißer Wintermelonensuppe ertrinken.

Rotwangige Gesichter erzählen einander Geschichten, goldener Shaoxing-Wein schwappt über die Ränder der niedrigen Gläser, jemand öffnet ein Dosenbier. Die Männer fragen, ob es in Ordnung ist, dass sie rauchen, und dann rauchen sie und halten Vorträge. Ob es in Ordnung ist, dass sie Vorträge halten, fragen sie nicht. Die Tür zum Wintergarten wird aufgeschoben, damit der Zigarettenqualm abziehen kann. Ein paar Stühle weiter schiebt jemand das Messer mit der breiten Klinge über einen Rotkohlfleck und geht dann zum Rauchen auf den Balkon. Andere schließen sich an, viele von ihnen haben das Päckchen mit den Zigaretten in die Brusttasche eines kurzärmeligen karierten Hemdes gesteckt. Morgen wird am gleichen Platz wieder ein Kugelschreiber klemmen. Aus Versehen fällt Asche auf Geranien.

»Wie viele Welten liegen zwischen einer Tischdecke aus Plastik und einer Tischdecke aus Baumwolle?«, fragt jemand am Tisch.

»Eintausend Welten!«, ruft Oma.

»Zehntausend Welten!«, bietet A'bu.

»Gar keine Welt«, sage ich, aber die Wörter fliegen stumm aus meinem Mund, als hätte sie jemand in Watte gewickelt.

Der Mond ist überall derselbe. Der Löffel fällt mir aus der Hand unter den Tisch, ich rutsche vom Stuhl und krabbele hinterher. Meine Hände tasten den roten Perserteppich ab, meine Augen wandern einmal im Kreis und betrachten all die Füße, Socken, Stützstrümpfe. Unter dem Mond ist eine Höhle, ich höre oben jemanden lachen und etwas klirren und jemanden husten. Ich lege mich auf den Rücken und kneife die Augen zusammen, direkt über mir fällt Licht durch den Riss im Mond. Links liegt eine Baumwolltischdecke und rechts eine aus Plastik. Ich ziehe sie zusammen, knote sie aneinander fest – wie fürchterlich das aussieht und wie egal das ist. Wir sitzen an einem runden Tisch, wir essen verschiedene Dinge auf sehr verschiedene Arten, aber wir sitzen zusammen und essen, von viel zu dünnen Porzellanlöffeln, die in unsere Zungen schneiden, wenn wir nicht vorsichtig genug mit ihnen sind.

Ich wache auf.

abstand

Die meisten Möglichkeiten liegen da, wo man weder geboren noch aufgewachsen ist. Ich bin vor zehn Jahren nach Berlin gekommen, es war eine Mischung aus Zufall und Absicht, und seitdem bin ich nicht mehr richtig weggegangen. Eigentlich ist das komisch, ich fand es sonst immer beängstigend zu bleiben. Die ersten zwei Jahre war die Stadt gefährlich, jeder Mensch ist hier von Einsamkeit bedroht, besonders in der Zeit von November bis Februar, nur vier Monate, aber tatsächlich ist das ein langer Zustand, in dem die Temperatur aller Dinge und Wesen unter null sinkt. Niemand ist für so eine Kälte gemacht. Ich werde immer noch einsam, egal, mit wie vielen Menschen ich mich umgebe, aber ich finde es nicht mehr so schlimm. Trotzdem mag ich es lieber, wenn es zu heiß wird. Dann fahre ich für ein paar Stunden raus, lege mich in eine kleine Bucht am See und schaue zu, wie sich ein paar Meter über mir die Blätter übereinanderschieben. So wie jetzt.

Ich liege im Schatten, weil ich das brennende Gefühl der Sonne auf meiner Haut nicht gut aushalten kann. Die Luft ist schwer, ich döse weg, aber alle paar Sekunden öffne ich die Augen, um nach den Blättern zu sehen. An diesem Platz ist niemand außer mir, ich meide die bekannteren Badestellen, ich bin hier gern allein.

Ich drehe mich auf die Seite, durch mein Handtuch pikst eine Wurzel oder ein Stock in meinen Beckenknochen. Wahrscheinlich wird sich an der Stelle morgen ein lila Fleck ausbreiten. In den letzten Tagen saß ich mit Freunden am Kanal, wir haben Brioche gegessen und unter gestreiften Markisen Bier getrunken, das mir nur im Sommer schmeckt. Ich habe die Freunde dabei beobachtet, wie sie Zigaretten drehen, manchmal habe ich mir auch eine drehen lassen und nur die halbe geraucht, weil mir danach genau richtig schwindelig ist. Wir haben über Politik geredet und darüber, wie viel weniger wir noch vor ein paar Jahren von der Welt wussten und vom Leben verstanden haben, und über unsere nächsten Urlaube. Ein paar Tische weiter führte eine andere Gruppe sehr ähnlich gekleideter Menschen vermutlich das gleiche Gespräch, und trotzdem kamen wir uns in dieser Gleichförmigkeit besonders einzigartig vor. Mir gefiel das. Ich war wach bis drei Uhr morgens und habe nur sechs Stunden geschlafen, ohne mich wirklich müde zu fühlen.

Ich schnipse mir eine Ameise vom Bein. Ich will ins Wasser. Ich stehe auf, etwas zu schnell, kurz taumele ich, es flimmert vor meinen Augen.

Sobald es flimmert, muss ich an Ma denken, es geht nicht anders, es ist unausweichlich. Bis zu diesem Moment hatte ich den ganzen Tag überhaupt nicht an sie gedacht, und bis zu diesem Moment ist mir noch nicht mal aufgefallen, dass das eine große Ausnahme ist. Es ist anstrengend, eine Mutter zu haben. Eine Mutter, die sich nicht nur in die Gedanken, sondern auch in den Körper ihrer Tochter hineinschreibt. Eine Mutter, meine Mutter. Mein Kreislauf macht mir viel weniger Probleme, seit ich zu Hause ausgezogen bin. Vielleicht ist es Zufall, vielleicht liegt es am Alter, oder ich erlaube es mir einfach nicht mehr, seit ich allein wohne, wer weiß das schon. Ob die Mütter anderer Töchter auch so an ihnen kleben? Im Sommer will ich am liebsten keine neuen Dinge herausfinden, sondern nur mit dem sein, was schon da ist.

Ich warte, bis das Flimmern sich verzogen hat, und gehe vorsichtig die paar Schritte zum Ufer. Irgendwo toben Kinder, und irgendwo anders hört jemand anstrengenden Techno. Wahrscheinlich ist das alles viel weiter weg, als es scheint, nur der Wind trägt es zu mir rüber. Ich konzentriere mich auf meine Umgebung. Das Seewasser ist erstaunlich klar, ich gehe langsam bis zur Hüfte hinein, ich kann noch meine Füße sehen. Dann lasse ich mich fallen und schwimme ein paar Züge ohne Ziel.

Ohne die schwere Luft um mich herum wird mein Körper aufmerksamer. Ich drehe mich auf den Rücken und stelle mir vor, wie das alles von außen aussieht: ich, hier im See, und die Welt. Ich wäre gern ein bisschen weiter weg, irgendwie. Wie schön das wäre, Teil von gar nichts zu sein, nicht mal von mir selbst, nur zuzusehen, rauszuzoomen.

Da treibt eine Frau im schwarzen Badeanzug, um ihren Körper zieht das Wasser konzentrische Kreise. Von einer Seite nähert sich ein Haubentaucher oder eine Ente, die Details sind nicht so wichtig. Sie sieht friedlich aus, sie fügt sich einfach so in das Bild ein, sie hat dafür nichts tun müssen, sie wurde einfach Teil davon. Vielleicht weint sie ein bisschen oder hat ein paar Tropfen Seewasser im Gesicht, vielleicht auch beides, alles ist möglich. Die Frau versucht, an nichts zu denken und nur das Wasser zu spüren, kühl, und die Sonne, warm. Es gelingt ihr nur wenige Sekunden, dann kommen Gedanken zurück, beinahe wahllos. Sie überlegt, welche Menschen in einer Verfilmung ihres Lebens vorkommen würden und welche nicht. Sie überlegt, ob Fische unter ihr schwimmen, aber verscheucht den Gedanken schnell wieder und denkt lieber an die kalte Schale von Wassermelonen auf den Fliesen unter einem Bett und an das klebrige Gefühl von Fruchtzucker in den Mundwinkeln. Nächstes Jahr im Sommer hätte sie gern einen neuen Badeanzug. Keinen schwarzen, eine Farbe wäre schön, vielleicht Smaragdgrün oder ein helles Lila. Die Frau atmet tief ein, kneift sich mit einer Hand die Nasenlöcher zu und taucht unter.

Wie weit bin ich von der Frau im See entfernt? Entfernung ist Abstand, ist Distanz: etwa zwölf kräftige Schwimmzüge bis zum Ufer, dreizehn S-Bahn-Stationen plus zwei mit der U-Bahn bis zu meiner Wohnung,

515 Euro bis nach Shanghai zuzüglich Visumskosten, 384.400 Kilometer bis zum Mond, siebenundsechzig Jahre zwischen 1923 und 1990, fünfunddreißig Jahre zwischen 1955 und 1990, zwischen A'bu und mir und Ma und mir, all das berechnet von einem kleinen schwarzen Punkt auf der Karte. Um den Punkt zieht das Wasser konzentrische Kreise.

Ich atme aus und kippe meinen Nacken etwas mehr nach hinten, der See umschließt mein Gesicht, das Wasser berührt fast meine Augenbrauen. Beim Ausatmen sinkt mein Körper tiefer, ich schließe die Augen, damit mir das Wasser nicht hineinläuft, ich hasse Wasser in den Augen. Ich höre kaum noch was, nur ein dumpfes Gluckern und die Luft, die aus meinen Lungen hinaus- und wieder hereinströmt. In meinem Kopf formt sich eine Gedankenkette: Atmen, Yoga, Entspannung. Entspannung, Ma. Schon wieder. Ma ist die Entspannteste von allen. Ich im Wasser, Ma und Wasser. Ich hole Luft und tauche unter.

Ma ist als Kind einmal fast ertrunken, ich nenne diese Geschichte »Die mit dem Schwimmbad«. In einem Sommer, als sie noch klein war, wollte Ayi ihr Schwimmen beibringen. Die beiden Schwestern schlichen frühmorgens in der Dunkelheit heimlich aus dem Haus und liefen zum öffentlichen Schwimmbad in der Huaihai Road, sie kletterten einfach über den niedrigen Zaun. Wie dunkel es damals gewesen sein muss: das schwarze Wasser im Becken und drum herum eine Stadt, die nachts noch wirklich dunkel wurde. Ma sprang in den Pool, konnte nicht stehen und wusste auch sonst nichts mit ihren Gliedmaßen anzufangen, sie fuchtelte panisch mit Armen und Beinen, doch es half nichts. Ayi sprang ihr hinterher und bekam plötzlich auch Panik, weil Mas zappelnder kleiner Körper viel schwerer zu greifen war als gedacht. Ma schrie und gluckerte, und Ayi schrie auch. Fast hätte das Wasser Ma verschluckt, aber zum Glück war ein Aufseher da, ein mittelalter Mann in schmutziger Uniform, der in der kleinen Hütte am Eingang eingenickt war. Die Rufe der Mädchen weckten ihn auf, er stürmte zum Becken und streckte ihnen einen langen Bambusstock entgegen, an dem sich Ma und Ayi festklammerten. Ma hustete Wasser, Ayi hustete Wasser und Schuldgefühle, und beide haben noch niemals zuvor und niemals wieder so viel Ärger von A'bu bekommen wie in dieser Nacht. Seitdem hat Ma Angst vor Wasser, besonders dann, wenn sie den Boden nicht sehen kann. So oder so ähnlich erzählte sie mir die Geschichte.

Ich drücke meine Beine nach unten in den trüben See und streife mit den Armen in regelmäßigen Bewegungen über die Wasseroberfläche. Ich habe keine Angst vor Wasser, obwohl der Bademeister mich bei der Prüfung für das Seepferdchen vom Startblock geschubst hat. Ich war deswegen lange sauer auf ihn, aber heute bin ich froh. Ma behauptet, ich bräuchte häufiger Menschen, die mich in mein Glück hineinschubsen. Darüber, dass ich auch jemanden bräuchte, der mich rettet, wenn ich untergehe, verliert sie kein Wort. Ich schwimme zurück zum Ufer, tapse vorsichtig aus dem See, wringe mir das Haar aus und lege mich in die Sonne.

Eine Stunde später bin ich auf dem Heimweg. Ich fahre einen zementierten Waldweg entlang der A100, das Rauschen der Autos klingt nicht wie das Meer, sondern wie eine stark befahrene Stadtautobahn, auch wenn die Leute gerne anderes behaupten. Vor mir fährt eine Frau auf einem silbernen Pegasus-Rad, sie hat ein Seidentuch um ihren strohblonden Zopf geknotet, und vorne in dem Korb liegt ihre Basttasche. Wahrscheinlich ist sie heute Morgen aufgewacht und hat sich schon mit seewassergewellten Haaren einen Waldweg entlangradeln sehen. Wahrscheinlich hatte sie das Bild genau vor Augen und hat deshalb beschlossen, das Seidentuch mitzunehmen, weil es so schön flattern würde im Wind. Wahrscheinlich ist sie eine Frau, die sich traut, das Glück zu planen. Sie kann sich selbst als Hauptfigur eines Kurzfilms sehen, dessen Plot sie selbst geschrieben hat, und weiß, sie wäre an so einem Nachmittag glücklich darüber, eine mitgebrachte Praline auf einer Parkbank zu verzehren. Ich fahre hinter ihr her, mein feuchter Badeanzug macht Flecken auf der Bluse, die ich übergeworfen habe, und ich frage mich, ob ich mir zu viele Sorgen mache, grundsätzlich. In letzter Zeit bin ich oft genervt von mir selbst. Weil ständig alles irgendwas bedeuten muss – ein Flimmern vor den Augen, ein Seidentuch im Haar. Nicht, dass ich etwas von den Dingen verlange, eigentlich verlange ich viel zu selten etwas. Ich finde nur, dass die Dinge was bedeuten, mal weniger, mal mehr, aber immer irgendetwas, und das beruhigt mich und strengt mich an, gleichzeitig.

»Guck mal!« Ein kleines Kind mit einem froschgrünen Fahrradhelm zeigt auf tausend goldene Sonnenflecken, die zwischen den Baumkronen hindurch auf den Weg fallen. Und ganz kurz sehe ich mich auch in einem Film, zusammen mit den beiden durch einen Sonnenfleckregen hindurchfahrend, staunend und glücklich, weil wir plötzlich etwas gemeinsam haben, obwohl wir uns gar nicht kennen. Weil wir in den kleinsten Dingen Wunder finden.

Irgendwann rückt die Stadt näher und legt sich über meine Euphorie. Ich schiebe mein Rad in einen überfüllten S-Bahn-Wagen und gebe mir Mühe, dabei keinem Hund auf die Pfoten zu treten. Fünfunddreißig Minuten später trage ich mein Fahrrad die Stufen vom Bahnsteig hinunter und schiebe es an dem Backwarengeschäft vorbei nach draußen. Es ist laut, ein Autofahrer fängt an zu hupen, ein anderer stimmt ein, ein Fußgänger, der bei Gerade-noch-Grün die Straße überquert hat, steht bei Nun-Rot mitten auf der Kreuzung und brüllt die Huper durch die Windschutzscheiben an.

Ich will noch nicht nach Hause. Ich fahre in Richtung Kanal. Mir ist danach, auf einer der Brücken zu stehen und nachzusehen, ob sich am Horizont Wolken auftürmen wie ein Watte-Gebirge. Berliner Berge nenne ich das, und manchmal schicke ich ein Foto an Ma und schreibe dazu *Sie sind wieder da.* Als ich am

Kanal ankomme, ist der Himmel schon rosa, aber es ist kein Wolkenberg zu sehen. Ich könnte Ma trotzdem schreiben, aber die Abwesenheit von Wolken ist keine Nachricht.

Als ich das letzte Mal bei Ma zu Besuch war, lief im Fernsehen ein Beitrag über den Berliner Landwehrkanal. Ich schaue immer Fernsehen, wenn ich bei Ma bin. In dem Beitrag ist eine Reporterin auf einem Boot den Kanal hinuntergefahren, elf Kilometer von Neukölln bis Charlottenburg. Es ging um Historisches – am Anfang, irgendwann um das Jahr 1700, war der Kanal noch ein Entwässerungsgraben, weil Südberlin Sumpfgebiet war und das Wasser in die Spree geleitet werden musste – und dann um Tresore, die von der Polizei aus dem Wasser gezogen werden. Die Menschen haben schon alles Mögliche im trüben Kanalwasser versenkt, sehr viel Müll wahrscheinlich und Fahrräder, Elektroroller, unliebsame Geschenke, Eheringe, Liebesbriefe, Sorgen, Geheimnisse. Sachen, die ihnen lästig wurden, und Sachen, die ihnen zu schwer wurden. Sachen, die sie nicht mehr sehen wollten. Der Kanal verschluckt alles wie ein schwarzes Loch, nur, dass die Dinge nicht einfach weg sind, sondern bloß nicht mehr sichtbar. Ich überlege, was ich gern in den Kanal werfen würde, aber mir fällt nichts ein. Was, wenn der Landwehrkanal bis nach China reichte, wenn es einen direkten Wasserweg gäbe, von Kreuzberg nach Changning, von meiner Wohnungstür bis vor die schweren grünen Eisentore vor Ayis Wohnung, die mit einem Klacken ins Schloss fallen, das einen

Pieps von sich gibt, um anzuzeigen, dass es verschlossen ist? Meine Finger kennen den Code für dieses Tor auswendig, nicht die Zahlen, sondern die Positionen der zu drückenden Tasten, aber ich fürchte, sie werden sie vergessen, wenn ich zu lange weg bin.

An beiden Ufern sitzen Menschen in Gruppen zusammen, sie sind alle ähnlich gekleidet, drehen Zigaretten und trinken Bier. Ab und zu treiben Schlauchboote an ihnen vorbei. Wahrscheinlich haben all diese Leute die letzten Nächte kaum geschlafen, sie erzählen sich, wie viel weniger sie vor ein paar Jahren noch von der Welt wussten und wie viel mehr sie jetzt verstanden haben. Zwischendurch schnappen sie von den anderen Grüppchen ähnliche Gesprächsthemen und Phrasen auf, und dann lachen sie über sich und fühlen sich trotzdem ganz wohl in ihrer Gleichförmigkeit. Ich ziehe mein Smartphone aus der Tasche, öffne den Browser und suche. *Der Kaiserkanal reicht mehr als 1.800 Kilometer von Beijing bis nach Hangzhou. Erste Teile des Kanals entstanden vor über 2.400 Jahren.*

Es gibt Tage, da fühlt es sich an wie ein Geschenk, diese Dinge zu sehen. Kanäle, die um die halbe Welt reichen, zum Beispiel. All die Verbindungen, die wie Spinnweben von hier bis an den Kaiserkanal verlaufen, oder durch drei Leben von 1923 bis heute. In letzter Zeit sind mir diese Gedanken immer häufiger lästig, wie ein Rucksack, der nicht richtig sitzt, unter dem sich Schweißflecken bilden. In einer Redewendung heißt es »Jeder hat sein Päckchen zu tragen«, und ich glaube, das stimmt, aber ich hätte gern ein Päckchen, das man zwischendurch einfach mal abstellen kann, ohne dass Schweißflecken auf meiner Kleidung preisgeben, dass ich gerade noch etwas Schweres mit mir herumgetragen habe. Ich könnte das Päckchen in den Kanal werfen, oder nicht? Sich zu einem ganz anderen Menschen zu machen, ist nicht unmöglich, besonders nicht in dieser Stadt. Das Päckchen würde auf dem Grund des Landwehr-Kaiser-Kanals liegen, und vielleicht zieht es in achtzig Jahren ein Kind aus dem ausgetrockneten Flussbett, und seine Mutter ruft, »Iiih, fass das lieber nicht an«. Ich könnte das Päckchen in den Kanal werfen. Ich könnte, aber ich würde nicht. Es ist zu kostbar. Das Display meines Handys leuchtet auf, Ma ruft an. Ich schreibe eine kurze Nachricht, dass ich mich morgen melden werde, und mache mich auf den Weg nach Hause.

Meine Wohnung hat nur ein Zimmer, die Küche ist zu klein für einen Tisch. Ich schlafe, wo ich lese, wo ich schreibe, wo ich esse. Achtundzwanzig Quadratmeter sind groß genug für einen Menschen, finde ich. Es wird nur eng wegen all der Dinge, die ich angesammelt habe und aufbewahre. Manchmal wird es auch eng, wenn ich zu viel mit meinen Gedanken allein bin. Seit Monaten will ich ein Bücherregal aufhängen, an das freie Stück Wand direkt über meinem Bett, aber ich habe Mas Stimme im Ohr, die sagt, »Du kannst deinen Kopf nicht unter einem Regal haben, wenn du schläfst«, und es stimmt schon, es wäre wirklich eine hässliche Art zu sterben, wenn mir Khaled Hosseini, Zhang Jie und das Große Deutsch-Chinesische Wörterbuch im Schlaf den Kopf zertrümmern. Also warte ich mit dem Regal, vielleicht warte ich für immer. Und meine Bücher stapeln sich auf der Fensterbank, auf dem Boden, neben meinem Bett. Je häufiger ich in diesem Raum am Laptop sitze oder in alten Fotos krame, je länger ich Dokumentarfilme anschaue oder Musik aus der Zeit höre, in der Ma aufgewachsen ist, desto voller wird die Wohnung von Vergangenem. Und von ihr. Es bleibt so wenig Platz für die Gegenwart, dass ich manchmal sogar vergesse, welcher Tag es ist, dabei vergesse ich sonst nie etwas.

Ich öffne das Gefrierfach und greife nach der Eiswürfelform, drücke drei Eiswürfel in mein Lieblingsglas. Ich gieße schwarzen Tee darüber, den ich heute Morgen mit ein paar Scheiben Zitrone in eine Karaffe gefüllt habe. Das Eis knackt vor sich hin, und ich höre Ma sagen, dass ich bloß nichts Eiskaltes trinken soll, auch nicht im Sommer. »Kühl, ja, aber nicht eiskalt.«

Sie war nur ein einziges Mal in meiner Wohnung, Reisen empfindet sie zunehmend als anstrengend, selbst wenn sie kaum Gepäck mitnehmen muss. Sie kam, als sie spürte, dass es mir nicht gut ging. Ein paar Tage zuvor schrieb sie mir eine Nachricht, dass sie gern mal meine Wohnung sehen würde, sie könnte ein Busticket kaufen.

»Ich würde gar nicht lange bleiben, vielleicht zwei Nächte und dann wieder zurück. Und das Ticket ist gerade so günstig, kostet nur achtzehn Euro.«

Ich wollte eigentlich nicht, dass sie kommt, aber ich hätte niemals Nein gesagt. Also holte ich Ma an einem Freitagnachmittag vom Busbahnhof ab. Auf dem Weg zu meiner Wohnung fuhren wir mit der S-Bahn und mit der U-Bahn. Als wir umsteigen mussten, gab ich mir große Mühe, nicht wie eine Großstädterin zu gehen, die unbedingt den schnellsten Anschluss kriegen will, sondern wie ein entspannter Eisbrecher, der für Ma eine sichere Straße durch die anderen Menschen zieht.

»Wie viele Stationen müssen wir fahren?«, fragte Ma und, »Wir müssen nur einmal umsteigen, stimmt's?«.

»Es ist gar nicht so weit«, sagte ich und, »Gib mir deine Tasche, ich trag die«.

Die Stadt war ihr zu viel, sie hatte sich längst an ein Leben im Rückzug gewöhnt. Ihre Pupillen sprangen von einem Fahrgast zum anderen, sie wunderte sich über die Menschen, die in ihr Telefon brüllten, oder darüber, wie sie gekleidet waren. Sie ekelte sich vor den Gerüchen und Körperflüssigkeiten, vor Teenagern, denen die Kräutersoße aus dem Döner über die Finger lief, vor Männern, die ihren Schleim tief aus der Lunge nach oben holten, um ihn dann auf den Bahnsteig zu rotzen, vor dem Pärchen, das sich gegenseitig die Zungen ableckte. Zwischendurch hatte Ma sogar etwas Angst, denke ich. Sie war allem ausgeliefert.

Als wir in meiner Wohnung ankamen, war es sofort besser. Ma ging zuerst Händewaschen, und ich setzte Teewasser auf. Sie machte ein paar Schritte durch mein Zimmer, ich sagte, »Es ist klein«, und sie sagte, »Es ist schön«. Dann saßen wir an dem Tisch, an dem ich sonst arbeite, und tranken Tee. Der einzige Plan für den Tag war, einkaufen zu gehen, um am nächsten Morgen alles für das Frühstück dazuhaben. Zwischendurch wollte sie etwas aus meinem Leben erfahren, und ich wusste nicht, was ich ihr erzählen sollte, außer den Dingen, von denen ich ihr schon in unseren Telefonaten berichtet hatte. Wir unterhielten uns trotzdem irgendwie. Nachts schliefen wir zusammen auf meiner Hundertzwanzig-Zentimeter-Matratze. Ich holte eine zweite Decke aus dem Bettkasten und fragte, »Willst du innen oder außen schlafen?«, und Ma antwortete, »Außen«.

Wir haben so oft in einem Bett geschlafen, in China fühlte sich das immer wie eine Selbstverständlichkeit an. Egal, ob mit acht Jahren oder mit sechzehn, immer lag ich in den heißen Sommern auf dem einen Meter zwanzig breiten, mit einer Bambusmatte bedeckten Bett, den Kopf auf einem rosa bestickten Kissen, über das Ayi ein Handtuch gelegt hatte, und Ma lag neben mir. Am besten erinnere ich mich an den Sommer, als ich vierzehn war. Das war die Zeit, in der Ma und ich eher Freundinnen waren als Mutter und Kind. Wir gingen zur selben Uhrzeit ins Bett, wünschten Ayi zuvor eine gute Nacht, dann verschwanden wir schnell im Bad. Ma saß auf dem Klo, und ich spuckte Zahnpasta ins Waschbecken. Wir schlichen ins Kinderzimmer meiner Cousine, die während unseres Besuchs auf einem Feldbett neben ihren Eltern schlief. Ma und ich schmierten unsere Moskitostiche mit Tigerbalsam ein, deckten uns mit Bettlaken oder Handtüchern zu, zählten die kleinen Blutflecken, die sich in jahrelangen abendlichen Mückenjagden an der Zimmerdecke angesammelt hatten, und besprachen den Plan für den nächsten Tag. Gegenüber stand ein kaputter Röhrenfernseher auf einer niedrigen Kommode, daneben lagen, unter einem Poster von Wang Leehom, zusammengerollte wattierte Bettdecken für den Winter, und bei ihrem Anblick musste ich immer an die Hochzeiten denken, bei denen wir Kinder unsere Arme tief in hohe Bettdeckenstapel auf dem künftigen Ehebett des Brautpaars steckten, um zwischen den bunten Stoffen nach Süßigkeiten zu suchen.

Ma sagte, »Ja, das habe ich auch schon gespielt, als ich noch klein war«, als ich ihr von meiner Erinnerung erzählte. Und mir fiel ein, dass ich in diesem Sommer mit vierzehn Jahren zum ersten Mal den Wunsch verspürte, nicht nur meinen Arm zwischen die schweren Steppdecken zu schieben, sondern meinen ganzen Körper.

Als sie in meiner Wohnung neben mir lag, fühlte es sich anders an. Ich wollte mein Bett nur ungern mit ihr teilen. Eigentlich machte es mich sogar etwas nervös, dass sie überhaupt hier war. Wahrscheinlich ging es ihr ähnlich.

Ich fragte, »Denkst du, dass du hier gut schlafen kannst?«, und sie sagte, »Ja klar. Also, natürlich nicht so gut wie zu Hause. Die erste Nacht in einer ungewohnten Umgebung schläft man nie so gut.«

Ich habe mir damals ein Gästezimmer gewünscht.

Ich hätte vormittags das Bett frisch bezogen und ein paar Blumen in eine Vase gestellt. Wir hätten uns zurückziehen können voneinander und trotzdem nur eine Tür zwischen uns gehabt. Hätte ich ein eigenes Zimmer für Ma, dann hätte ich es zu etwas gebracht. Es gefiel mir nicht, Mitte zwanzig zu sein und in meiner Einzimmerwohnung neben meiner Mutter im Bett zu liegen wie ein Kind.

Wir lagen beide auf dem Rücken, sie sagte, »Gute Nacht«, und ich sagte, »晚安«. Die Buchstaben und Schriftzeichen fielen aus unseren Mündern und legten sich auf den Matratzenzentimetern zwischen uns schlafen. Dann drehte ich mich zur Wand.

Vielleicht ist diese Stadt der einzige Ort, an dem ich mich niemals wie ein Gast fühle. Vielleicht will ich sie deshalb für mich.

Als mir bei meinem letzten Besuch in Shanghai ein eigenes Bett angeboten wurde, war ich verletzt. Ich schlief allein im Gästezimmer der Wohnung meines ältesten Cousins, Ma schlief wie immer bei Ayi. Dass ich morgens auf dem kurzen Fußweg zum Frühstück in Ayis Wohnung die ersten Gespräche zwischen Ma und ihren Schwestern verpassen würde, machte mich eifersüchtig. Es wurde erst besser, als mir der Auftrag erteilt wurde, unterwegs frische Sojamilch und Mantou für uns alle zu kaufen. Weil es ein Auftrag war, den man einem Gast niemals geben würde. Sie trauten mir zu, bei der richtigen Verkäuferin am Markt vorbeizugehen und die richtigen Produkte auszuwählen, mit den richtigen Münzen zu bezahlen und in der richtigen Sprache zu plaudern. Und es bedeutete, dass sie auf mich warten mussten. An dem einen Ort will ich die größtmögliche Nähe und Gemeinschaft, an dem anderen gehe ich ohne Abstand ein.

Draußen ist es dunkel geworden, aber immer noch drückend warm. Ich öffne das Fenster. Die Fenster der Nachbarhäuser leuchten in unterschiedlichen Farben in den Hinterhof hinein, Gelb, Lila, ein kaltes Blau. Auf dem Schreibtisch leuchtet mein Handy. Ich drehe es um, damit ich das Display nicht sehen muss, und trinke einen Schluck kalten Eistee.

alleinsein

Von dem Dienstag vor ein paar Wochen habe ich niemandem erzählt. Nicht meinen Freunden und schon gar nicht Ma. Nachts hatte ich unruhig geschlafen, im Grunde bin ich nicht sicher, ob ich überhaupt geschlafen habe. Und als es morgens heller wurde, lag ich in meinem Bett und weinte, weil ich mich nicht erinnern konnte, ob noch Milch im Kühlschrank war. Ich wusste, dass Dienstag war, ich wusste, dass ich einfach nur aufstehen und in die Küche gehen müsste, um nachzusehen. Einfach nur aufstehen. Aber ich konnte nicht. Mein Körper war eingefroren.

Meine Wohnung ist so klein, von meinem Bett bis zum Kühlschrank sind es sechs Schritte, aber die Entfernung war auf einmal unüberbrückbar, ich konnte nicht mal meinen Arm heben und mir die Tränen wegwischen, also lag ich bloß da und spürte ihnen hinterher, wie sie mir seitlich über die Wangen liefen und in die Ohren hinein.

Ich fand Alleinsein immer gut, die meiste Zeit war ich gern allein. Bis zu diesem Moment. Da wünschte ich, jemand würde für mich die wenigen Schritte gehen, den Kühlschrank öffnen und sagen, »Für morgen reicht's noch«, zu mir kommen, sich auf mich legen und murmeln, »Gleich taust du wieder auf«.

Ich starrte an die Decke, dachte erst an alles, dann an gar nichts und irgendwann endlich nur noch an die Dinge, die genau vor mir lagen. Das half. Deckenhöhe: Dass in einem Altbau die Decken sehr hoch sind, beruhigte mich. Altbau: Dass ich nicht die Erste bin, die in dieser Wohnung wohnt, beruhigte mich auch. Dass hier schon andere Menschen ihre Leben gelebt hatten, dass sie jemanden geohrfeigt und kurz darauf stillschweigend Butterbrote gegessen haben, dass manche von ihnen beim Auszug aus Bequemlichkeit die Dübellöcher mit Klopapier zustopften. Oben rechts über dem Türrahmen verfängt sich Staub in Spinnweben, die müsste ich mal wegmachen, dachte ich, mit dem Besen müsste das gehen, mit dem Besen komme ich da ran, auch ohne Leiter.

Mir fiel ein, dass die meisten Unfälle im Haushalt passieren. Immer wenn jemand diesen Satz sagt, stelle ich mir vor, wie eine alte Frau von der Leiter fällt. Die alte Frau lebt natürlich allein, das ist das schlimmste Szenario, sie will nur eben die Efeutute auf dem obersten Regalbrett gießen, verliert das Gleichgewicht, rutscht ab und knallt auf den Boden. Im allerschlimmsten Szenario bleibt sie auf ihrem Kurzflorteppich liegen. Tage später zieht ein grässlicher Geruch durchs Treppenhaus, und ein Nachbar ruft schließlich die Polizei. Die Beamten brechen die Wohnung auf und rufen die Männer von der Sozialbestattung.

Könnte mir auch passieren, so oder so ähnlich, dachte ich. Eine junge Frau, allein lebend, eines Morgens im Bett, versteinert, unbemerkt, tot.

Ich schloss die Augen und wartete, eine Minute, zwei. Ich wartete auf eine Geschichte mit besserem Ende. Dann sah ich eine Frau mit weißen Haaren an einem Schreibtisch aus Ulmenholz mit Blick aufs Meer. Vor ihr lagen Fotos von Kindern, die sie liebte, ohne mit ihnen verwandt zu sein, und eine Postkarte, auf die sie schon Namen und Adresse ihrer besten Freundin geschrieben hatte. So könnte es ja auch sein. Eine Frau, allein lebend, zufrieden.

Es vergingen zwei Stunden, oder drei, bis mein Körper wieder zu funktionieren begann. Ich stand langsam auf, wusch mir mein Gesicht und kämmte mir die Haare, ich vermied, in den Spiegel zu gucken, und ging in die Küche. Ich schüttete weißen Reis in einen kleinen Topf und hielt ihn unter den Wasserhahn, um die Körner zu waschen. Anschließend goss ich das Wasser ab und gab frisches hinzu. Ich habe das so von Ma gelernt, ohne dass sie es mir jemals erklärt hätte. Ma tauchte ihren kleinen Finger in den Topf und füllte so lange Wasser nach, bis es zum ersten Knöchel stand. Dann kochte sie den Reis und hob den Deckel erst an, wenn das ganze Wasser aufgesogen war. Mit etwas Glück und dem richtigen Timing war der Reis am Topfboden ein bisschen angebrannt und roch nach Popcorn. Ich habe alles genau beobachtet und habe es immer genau so gemacht wie sie.

Die meisten Menschen aus Asien haben einen Reiskocher. Für diejenigen, die ihr Heimatland nicht verlassen haben, ist das normal. Für die, die ins Ausland gegangen sind, ist es noch mehr, scheint mir, fast ein Kulturgut. Selbst wenn sie sich kaum kennen, verbindet sie der Besitz dieser Küchenmaschine miteinander. Sie ist die Versicherung, dass sogar an Tagen, an denen gar nichts gelingt, der Reis gelingen wird, und auch der materielle Beweis, dass es zum Reiskochen eine Maschine braucht, weil reichlich viele Münder gestopft werden müssen.

An diesem Morgen kam mir das vor wie eine Verschwörung, als bildeten sie eine Gemeinschaft, als wären sie Mitglieder eines Clubs. Ma und ich gehörten nie dazu. Mas chinesische Freundinnen waren auf der ganzen Welt verstreut, zu den meisten hatte sie keinen Kontakt mehr, und außerdem gab es bei uns immer nur sehr wenige Münder zu stopfen. Deshalb hatten wir auch keinen Reiskocher, dachte ich jedenfalls, bis mir Ma neulich erzählte, dass sie doch einen hat, irgendwo im Keller. Sie macht die Dinge eben oft ein bisschen anders.

»Wir brauchen das nicht, und außerdem ist in der Küche so wenig Platz. Ich will nicht, dass so ein großes Gerät rumsteht«, sagte Ma.

Also kocht sie Reis ohne. Sie war niemals Mitglied in irgendeinem Club, und ich mache es ihr nach. Ich kann mich nicht im Fitnessstudio anmelden, ich kann in keine Partei eintreten, ich kann nicht im Chor singen. Selbst auf Demonstrationen gehe ich nicht gern, es ändert nichts, dass ich sie für wichtig halte.

An diesem Dienstag dachte ich an Austauschstudentinnen mit Reiskochern in ihren Wohnheimzimmern, an Mädchen, die sich zum Bubbleteatrinken verabreden, an Kinder, die sonntags zum Sprachunterricht geschickt werden, und an Frauen mit glatten schwarzen Haaren, die sich in ihrem Gemeindehaus zum Lesekreis treffen. Ich bin keine von ihnen, aber zu wem soll ich sonst gehören? Zu den Leuten mit dem gleichen Pass, den Leuten mit dem gleichen Beruf, zu Leuten mit chinesischen Müttern, Leuten mit Wassermelonensommern, Leuten, die gern allein sind, Leuten, die bewusstlos werden? Ma meint etwas anderes, wenn sie sagt, ich soll nicht allein bleiben. Sie sagt das dauernd, mittlerweile.

Wenn Ma über mich und das Alleinsein spricht, klingt sie, als wäre mir das nicht irgendwie zugestoßen, sondern schon immer ein Teil von mir. Womöglich ist ihre Sorge deshalb so groß.

»Du wolltest immer alles alleine machen, immer«, sagt sie. »Es kann sein, dass das schon früher losging, aber spätestens seit dem Sommer 1997.«

Im Sommer 1997 ging ich bereits ein Jahr lang zur Schule und nahm alles sehr ernst: meine Hausaufgaben, die ich allein machte, sofort nach dem Mittagessen. Die Reihenfolge, in der meine Buntstifte in die Gummihalterungen meines Etuis einsortiert werden mussten. Und mich selbst. Die Schule lag keinen Kilometer von unserem Haus entfernt, und ich musste nur eine einzige Straße überqueren, die nicht besonders gefährlich war, weil ich herannahende Autos auf dem Kopfsteinpflaster schon von Weitem hören konnte. An einem Mittag wartete Ma wie jeden Tag vor dem Schultor auf mich. Da stand sie, lächelnd, bereit, mich an der Hand nach Hause zu bringen und mir einen dampfenden Gemüsepfannkuchen mit Ketchup zu servieren. Aber ich sah sie, und ich wollte nicht. Mein siebenjähriges Ich war wütend. Wütend, dass Ma annahm, ich bräuchte ihre Hand für den Heimweg, dass sie ganz selbstverständlich davon ausging, ich könnte so etwas Einfaches wie Nach-Hause-gehen nicht allein. Von einem Tag auf den anderen war abgeholt werden ein Affront, obwohl ich noch nicht einmal wusste, was ein Affront eigentlich ist.

»Nein«, schmetterte ich Ma ins Gesicht, wandte den Blick ab und stampfte davon.

Ich glaube, ich kam mir damals sehr klug vor, weil ich entschieden hatte, einfach einmal um den Block zu gehen. Ich lief in Schlangenlinien über den Gehweg und dachte, Ma müsste doch bestimmt stolz auf mich sein. Irgendwann stand ich wieder vor der Kopfsteinpflasterstraße, hörte kein Auto, schaute gewissenhaft nach links, rechts, links, ging hinüber, klingelte, stieg die Treppen hinauf, stellte wortlos meinen Ranzen in den Flur und setzte mich an den Küchentisch. Ich nahm mir einen Pfannkuchen, griff nach der Ketchupflasche und tat, als wäre nichts gewesen. Ich war zufrieden, weil ich Ma und mir zum ersten Mal bewiesen hatte, dass ich ohne sie sein konnte, ohne dass mir etwas zustößt. Dass ich Ma damit das Herz gebrochen haben könnte, kam mir nicht in den Sinn. Vielleicht war es das einzige Mal, dass ich jemandem das Herz brach, ohne mich danach schrecklich schuldig zu fühlen.

Dieser Tag im Sommer 1997 war nicht der erste Moment, in dem ich mich als Alles-allein-Könnerin profilierte. Es fing schon früher an. Besonders unsere Aufenthalte in China waren dafür sehr hilfreich. Als ich vier Jahre alt war, besuchten wir einen Onkel von Ma in Beijing. Ich mochte ihn sehr, es war, als hätte ich plötzlich einen Großvater, eine Woche lang lief ich an seiner Hand durch die Stadt, auch durch die Verbotene. Mas Onkel hatte einen Enkel, der nur wenige Monate jünger war als ich. An einem Abend saßen wir zusammen in der Badewanne, und er wartete, dass jemand kam, um ihn mit einem Lappen abzureiben. Ich wartete nicht, ich machte das selbst. Ayi rief durch die halbe Wohnung, wie selbstständig ich sei, und obwohl ich sie nicht ganz verstehen konnte, spürte ich die Bewunderung in ihrer Stimme. Ähnliche Anerkennung bekam ich dafür, allein meine Schnürsenkel zu binden, von allein mein Schälchen in die Küche zu bringen oder allein im Bett meinen Mittagsschlaf zu machen. Als ich älter wurde, war es die Tatsache, dass ich allein wohnte, mir allein Essen zubereitete und allein auf Reisen ging. Meine Eigenständigkeit war etwas Gutes, ich war stolz darauf, und ich versuchte, noch mehr Dinge zu finden, die ich allein tun konnte. Und doch habe ich das alles nicht nur für die Bewunderung getan. Ich übte, durch die Welt zu gehen, ohne jemand anderen zu stören. Wenn ich alles, wirklich alles, ganz allein könnte, hieße das doch, ich würde die anderen entlasten. Den Gedanken fand ich schön. Vielleicht ist das Liebe, dachte ich, jemandem die Welt so leicht machen, wie sie nur sein kann.

Bei alledem war ich nicht aufmerksam genug. Ich habe übersehen, dass die Bewunderung der anderen langsam zu Sorge wurde.

Jetzt bin ich fast dreißig, ich bin eine eigenständige Frau, mein Leben lang konnte ich fast alles allein, ich brauchte keine Hilfe, und oft wollte ich das so. Ich konnte mich immer auf mich verlassen, und andere konnten es auch. Dass ich an diesem Dienstag vor ein paar Wochen nicht in der Lage war, aufzustehen und zum Kühlschrank zu gehen, machte mich zu einer Versagerin. Es stellte eines der wesentlichsten Dinge infrage, die ich über mich wusste, und dieses Gefühl breitete sich vom Kopf über die Brust und den Bauch bis in meine Beine aus, als wäre mein Körper eine gestürzte Sanduhr. An diesem Dienstagabend rief Ma mich an. Noch vor einem Jahr hat sie das nie getan. Wir sprachen kurz über das Wetter und das Mittagessen, ich erzählte ihr von dem Reis, den ich gekocht hatte wie sie. Ma stellte keine Rückfragen, sie eilte durch die Themen, als müsste sie etwas Wichtiges erledigen, bis sie sagte: »Du darfst nicht allein bleiben.«

Es war nicht das erste Mal, dass sie das sagte. Aber es war das erste Mal, dass ich keine wütende Antwort zurückschmetterte. Ich verlor fünfzehn Lebensjahre und war plötzlich wieder ein Kind, das im Schoß seiner Mutter liegen wollte, wo alles andere egal ist, wo es wärmer ist als jeder August und wo es riecht, als würde alles gut werden, für immer.

Ma konnte nicht wissen, dass mein Körper erst vor ein paar Stunden wieder aufgetaut war, dass ich noch am Morgen eine Statue gewesen war und nicht ihre Tochter, die fast alles kann. Ich hatte ihr nichts davon erzählt. Und doch redete sie, als wäre sie dabei gewesen.

»Es ist mein größter Wunsch. Ich bete jeden Tag dafür.«

»Du bist doch gar nicht religiös.«

»Das ist egal.«

Ich wusste nicht, was ich hätte sagen können. Ich wusste nur, dass eine Ernsthaftigkeit die spaßigen Wortwechsel ersetzt hatte, in denen sie früher sagte, »Du musst mal einen reichen Mann heiraten«, worauf ich antwortete, »Hä? Nie«. Also nickte ich ein kaum merkliches Nicken, bis mir einfiel, dass Ma mich am Telefon nicht sehen konnte.

»Ich muss noch Wäsche aufhängen«, log ich.

Wir verabschiedeten uns und legten auf.

Alleinsein ist mein Normalzustand. Gesellschaft muss ich mir oft aufzwingen, aber ich mache das regelmäßig, so, wie ich von November bis März jeden Morgen eine halbe Vitamin-D-Tablette schlucke, weil ich weiß, dass es mir guttut. Und seit ich gelernt habe, zwischen Alleinsein und Einsamkeit zu unterscheiden, denke ich, dass doch eigentlich nichts schiefgehen kann. Sobald ich mich einsam fühle, treffe ich Menschen, die ich mag. Ich sitze mit Freunden in meiner Lieblingsbar, wir regen uns über unsere nervigen Chefs auf und die Absurdität der Vierzig-Stunden-Woche. Wir erzählen einander von der Angst, das Leben nicht richtig zu machen, und lachen über uns selbst.

Und trotzdem: An diesem Dienstag vor ein paar Wochen lag ich auf meinem Bett und hatte Angst. Ich habe niemandem davon erzählt. Weil ich einhundert Wege kenne, Menschen zu zeigen, dass ich ohne sie sein kann und sie sich meinetwegen keine Umstände oder Sorgen machen müssen – aber nicht weiß, wie ich jemandem sagen soll, dass ich ihn brauche, ohne dabei selbst verloren zu gehen.

freiheit

Die Geschichte meiner Mutter beginnt im Sommer 1955. Die Kinos spielten den Schwarz-Weiß-Film *Flowers of the Motherland*, in Chongqing eröffnete der Zoo, und in Shanghai war im Frühjahr der Bau des sino-sowjetischen Freundschaftsgebäudes abgeschlossen worden. Sechs Jahre zuvor wurde die Volksrepublik ausgerufen. Gerade wurden über zweitausend Schriftzeichen vereinfacht und eine nationale Einheitssprache sowie eine Umschrift aus lateinischen Buchstaben eingeführt. In drei Jahren würde Mao den Großen Sprung nach vorn anordnen. In dieser Zeit kam Ma auf die Welt. Und wie alle Neugeborenen wusste sie natürlich nichts von der Gegenwart.

Ma wurde als jüngste von drei Schwestern geboren, außerdem hatte sie einen älteren Bruder, zwei jüngere kamen bald dazu. A'bu arbeitete damals vor allem als Haushaltshilfe für wohlhabende Leute, später begann sie einen Job bei der Stadtreinigung, wo sie frühmorgens die Straßen fegte. Ihre Kinder wussten nie so richtig, welcher Lohnarbeit A'bu nachging und was sie dabei genau tat, aber sie nannten es 劈柴 – Holzhacken –, weil sie sahen, dass diese Arbeit ihre Mutter erschöpfte. Mas Vater arbeitete im Außendienst einer Papierfabrik. Nachdem er in Rente ging, lag er meistens auf dem Bett, abwechselnd rauchend, hustend, und den stärksten schwarzen Tee trinkend, den man sich vorstellen kann. Ma war sein Liebling. Bis heute nimmt sie nur gute Worte über ihn in den Mund. »Er war immer auf meiner Seite. Autoritär, aber nie zu streng. Er hat uns immer allein entscheiden lassen.« Es gibt nur ein Foto von mir und meinem A'gong, es ist bei meinem ersten Besuch in Shanghai entstanden. Es zeigt ihn als haarlosen alten Mann mit eingefallenem Gesicht und dunkler Haut, der ein dickes, helles Baby mit braunen Augen und strubbeligem schwarzen Haar vor sich in die Luft hält. Der alte Mann und das dicke Baby starren sich mit offenen Mündern an. Ein bisschen wie bei *König der Löwen.* Diese Begegnung blieb unsere einzige. Wenn ich das Foto betrachte, kommt es mir vor, als schaute ich zwei fremde Menschen an. Als A'gong etwa ein Jahr nach unserem Besuch starb, erfuhr Ma erst davon, nachdem er schon beerdigt worden war. Sie hatte keine Chance, sich zu verabschieden, die Familie wollte ihr den Schmerz und die Mühe der Reise ersparen. Keine Ahnung ob sie wissen, dass Ma deswegen bis heute andere Schmerzen und Mühen trägt. Dass es viel Kraft kostet, die Weggegangene zu sein.

Das älteste Foto, das ich von Ma und ihren Geschwistern finden kann, ist von 1962, sie ist darauf sieben Jahre alt. Wer auch immer es aufgenommen hat, muss sich dabei von oben über sie gebeugt haben, die

Kinder sehen ganz klein und hilflos aus. Gut möglich, dass ich sie nur erkenne, weil ich genau weiß, dass sie es sind. Ma trägt einen Mittelscheitel, ihre Haare sind kinnlang. Xiao Jiujiu, den ich nur als kräftigen Mann mit kugeligem Bauch kenne, ist dünn und schmächtig. Sein kahl geschorener Kopf wirkt zu groß für den restlichen Körper. Glaubt man der Jahreszahl, die mit Bleistift auf der Rückseite des Fotos geschrieben steht, dann ist das Bild am Ende der Großen Hungersnot entstanden. Ich habe von dieser Hungersnot im Studium erfahren, nicht von Ma oder meiner Familie. Ich schlug in einem Seminarraum ein dickes Buch eines renommierten Sinologen aus den USA auf und las von Dürre, davon, wie Millionen Bauern aus der Landwirtschaft abgezogen wurden, um in der Eisen- und Stahlproduktion zu arbeiten, von der Zwangskollektivierung aller landwirtschaftlicher Betriebe und von Menschen, die all ihren Besitz und ihre Werkzeuge in eigens gebauten Minihochöfen zu Stahl schmolzen. Ma und ihrer Familie ging es damals vergleichsweise gut, die Versorgung mit Lebensmitteln war an der Ostküste deutlich besser als in den zentralchinesischen Provinzen, wo Millionen von Menschen nicht einmal mehr Wurzeln zum Essen fanden, viele ihre eigenen Kinder verkauften oder zurückließen, und auf der Flucht vor dem Elend verhungerten. In Shanghai waren Lebensmittel rationiert, aber immerhin gab es etwas, das rationiert werden konnte.

»Es war nicht so schlimm bei uns«, sagte Ma, als ich sie viel später nach dieser Zeit fragte. »Wir sind mit Lebensmittelmarken losgegangen und bekamen genug, um satt zu werden.« Und dann erzählte sie mir von dem Glück, in ganz seltenen Fällen ein Bonbon geschenkt zu bekommen.

Ma hat vieles von damals vergessen. Sie hat sich immer stärker auf das konzentriert, was noch kommen würde, als auf die Dinge, die bereits vergangen waren. »Wahrscheinlich kommen die Erinnerungen zurück, wenn ich ganz alt bin«, hat sie mal gesagt. »Alte Leute können sich oft wieder an das erinnern, was längst vergessen schien, weil nicht mehr viel vor ihnen liegt und deshalb mehr Zeit ist, nach hinten zu gucken.« Ich fand diesen Satz schrecklich und hoffte trotzdem, dass sie recht hat.

Ich erinnere mich manchmal an mehr, als tatsächlich passiert ist. Ich sehe mehr, als ich im Gedächtnis behalte, und zugleich male ich mir das Erlebte bunter aus, als es war: In ihrem ersten deutschen Winter kaufte Ma sich einen langen roten Mantel aus Wolle, sie trug ihn jeden Tag. In meinem vierten chinesischen Sommer weinte ich um die Frösche, denen auf dem Markt bei lebendigem Leib die Schenkel abgeschnitten wurden. Und als A'bu mich das allerletzte Mal verabschiedete, hielt sie mich so fest, dass mir zwei blaue Flecken am Oberarm zurückblieben, die erst Tage später mit meinem Jetlag verschwanden.

Das alles ist wahr, aber je mehr Zeit vergeht, desto stärker zweifle ich an den Details. Ich zweifle aber auch daran, dass es wirklich nötig ist, jede Geschichte exakt so zu erzählen, wie sie sich zugetragen hat.

Ich kenne ein paar Erzählungen von Mas Kindheit. Sie wirft mir manchmal Anekdoten zu, ganz beiläufig, und ich fange sie auf, wenn ich gerade eine Hand frei habe. Wenn nicht, landen ihre Sätze auf dem Boden und rollen unter die Küchenschränke. Aber was ich einmal in den Händen hatte, kann ich nicht vergessen. Ich kann nicht vergessen, dass Ma zwar in einer Hafenstadt aufwuchs, aber als Kind nie das Meer gesehen hat. Sie konnte immer nur erahnen, dass es irgendwo am Ende des schmutzig-gelben Huangpu liegt, auf dem die Schiffe in die Stadt hereintrieben. Die Stadt, die das Meer im Namen trägt.

»Warum seid ihr denn nicht zum Meer gefahren?«, habe ich gefragt, und Ma sagte, »Tja, wozu denn? Wir hatten leider keine Zeit, und es war sehr weit weg. Viel zu anstrengend.«

Ich kann auch nicht die Geschichte vergessen, in der sie vor einer Herde Kühe flüchtet. Für Ma und ihre Geschwister war es normal, mitten auf den Straßen von Shanghai in Vieh hineinzurennen. Eines der Tiere wendete seinen massigen Körper in Mas Richtung und lief plötzlich auf sie zu, erst langsam, dann immer schneller. Das kleine Mädchen mit den geflochtenen Zöpfen, das Ma damals war, spürte den bebenden Boden unter sich. Sie wollte schreien, verlor aber vor Angst die Stimme, drehte sich um und rannte. Im Gestolper löste sich der Verschluss ihres Schuhs, der Schuh rutschte ihr vom Fuß. Sie drehte sich um, hinter ihr war das Tier etwas langsamer geworden, es trabte noch ein paar Meter weiter und kam schließlich exakt dort zum Stehen, wo der kleine Schuh im Staub lag. Die Kuh schnaufte siegessicher, und Ma wusste, dass sie verloren hatte. Sie lief barfuß nach Hause, den anderen Schuh hielt sie in der Hand. A'bu schimpfte. Ma wollte sich erklären, aber sie konnte nicht, ihre Stimme war zusammen mit dem Schuh verloren gegangen und kehrte erst zwei Tage später wieder zurück. Die Geschichte erklärt, warum Ma bis heute Angst vor Kühen hat. Ich bin mir nicht sicher, ob sie erklärt, warum es mir ähnlich geht.

Vor ein paar Jahren habe ich A'bu gefragt, was Ma für ein Kind war. Ich habe die Unterhaltung mit einer schlechten Videokamera aufgezeichnet, weil zu dieser Zeit meine Angst einsetzte, mit A'bu könnte auch Mas Geschichte verschwinden. A'bu sagte: »Deine Mutter war dick und liebte Essen. Sie war wie eine Katze, am meisten liebte sie Fisch, immer Fisch. Und Wassermelonenkerne. Schon als sie noch ganz klein war, pulte sie die Kerne aus der Melone und legte sie zum Trocknen in die Sonne, um sie später essen zu können.« Man hört noch, wie wir lachen, unsere Stimmen füllen den ganzen Raum aus. Ich finde es erstaunlich. Wie mir A'bu von einem Menschen erzählt, den ich nie kennengelernt habe und über den ich heute trotzdem mehr weiß als über irgendwen sonst.

Als Ma siebzehn Jahre alt war, im Jahr 1972, wurde die Sinopec Shanghai Petrochemical Company gegründet. Die riesige Chemiefabrik Nummer 2 mit den blechernen Schornsteinen und den großen Tanks steht bis heute im Bezirk Jinshan und produziert vor allem Plastik. Schon als Kind hörte ich oft von *Jinshanwei*, wenn die Erwachsenen sich unterhielten, und ich hatte keine Vorstellung davon, was damit gemeint war, ich wusste nur, dass es mit Arbeit zu tun hatte. Als Ma begann, in Jinshan zu arbeiten, stellte man dort den Grundstoff her, der im Anschluss zu PVC weiterverarbeitet wurde. Manchmal starre ich im Internet auf animierte Polymer-Modelle. Ich kenne PVC nur als Küchenbodenbelag. Ma hingegen weiß, dass in der Fabrik Erdöl angeliefert wurde, das dann durch Zugabe von Chemikalien und unter hohem Druck die Form veränderte. Relativ schnell wurde sie zur Schichtleiterin befördert, was sie von der härtesten körperlichen Arbeit entband. Ma verbrachte den Großteil der Arbeitszeit nun im Hauptmaschinenraum der Fabrik, wo sie wichtige Knöpfe drückte und Zeigerstände kontrollierte. Zwischendurch kletterte sie zu anderen Arbeiterinnen auf Schornsteine und prüfte den Druck in den Kühltanks. Unter der Woche wohnte sie im Wohnheim auf dem Fabrikgelände, und nur am Wochenende nahm sie den Bus zurück in die Stadt. Ihr Zimmer teilte sie sich mit fünf Kolleginnen. Abends nach der Schicht ging sie eine Runde um das Wohnheim spazieren, dann setzte sie sich manchmal mit ihren Mitbewohnerinnen an den kleinen Holztisch im Zimmer, spielte Karten und starrte an den Deckenventilator. Irgendwann krochen alle in ihre Stockbetten.

»Wo hast du geschlafen?«

»Oben, natürlich.«

»Wie viel hast du verdient?«

»Nicht viel, aber wir haben alle das Gleiche bekommen, egal ob Männer oder Frauen, Schichtleitung oder Arbeiter.«

»Also war es gerecht.«

»Es war gut. Gerecht – ich weiß es nicht.«

Ich muss oft daran denken, dass es heißt: Frauen tragen die Hälfte des Himmels. Dann schaue ich auf A'bus Leben und auf Mas und sogar auf meins. Eigentlich, denke ich, haben Frauen schon immer das Universum getragen, und sie wurden oft so schlecht oder gar nicht dafür bezahlt.

Ich habe keine Ahnung, was harte körperliche Arbeit bedeutet. Ma hat schon früher immer meine Hände betrachtet und gesagt, dass es besonders weiche Hände seien, dass ich immer mit dem Kopf arbeiten würde und deshalb Walnüsse essen soll, weil die gut fürs Gehirn sind. Sie wirkte dabei zugleich beruhigt und besorgt. In einer Fabrik habe ich noch nie gearbeitet, und ein Zimmer teilen musste ich nur einmal, für sechs Monate, im Auslandssemester in Hangzhou, mit Joanna aus Michigan, die jeden Abend Tarotkarten legte und meistens viel länger wach blieb als ich. Joanna und ich brauchten Wochen, um uns aneinander und an die unausweichliche Nähe zu einer Fremden zu gewöhnen. Dann kam der Winter und mit ihm der Frost und ein eisiger Wind, also spannten wir eine Wäscheleine durchs Zimmer und hängten dort unsere Unterwäsche zum Trocknen auf. Ab diesem

Moment wurde es besser. Gefallen hat es mir trotzdem nicht.

Jahrelang wusste ich nicht, wie Ma von der Schichtleiterin einer PVC-Fabrik zur Dolmetscherin wurde. Irgendwann habe ich sie nach dem fehlenden Puzzleteil gefragt, und ihre Antwort war, »Ich wollte dort auf keinen Fall bleiben.«

Als die Firma immer größer wurde und mit ausländischen Unternehmen kooperierte, begann Sinopec, eigene Dolmetscherinnen auszubilden. Bei der Schichtübergabe musste Ma ihre Unterschrift auf ein Stück Papier setzen, und jedes Mal beharrte sie darauf, nur zu unterschreiben, wenn sie Dolmetscherin werden dürfte. Eine Fremdsprache zu lernen und dann mit Ausländern zu arbeiten, mit ihnen sprechen zu können und womöglich sogar auf Dienstreisen ins Ausland zu fahren – das war eine Chance auf eine vollkommen andere Arbeit und vielleicht auch ein vollkommen anderes Leben. Irgendwann gaben die Vorgesetzten nach.

Im Übersetzerinnenseminar lernte Ma Frauen kennen, die innerhalb weniger Jahre ihre besten Freundinnen wurden. Sie zog in ein moderneres Wohnheim, das zwar immer noch auf dem Fabrikgelände lag, aber weiter entfernt von den rauchenden Schornsteinen. Sie lernte Deutsch, das war sehr beliebt, manche ihrer Freundinnen lernten Englisch oder Französisch. Ma konjugierte Verben und lernte Artikel, *der, die, das*, meistens entbehrte es jeglicher Logik. Sie lernte mithilfe von Fachwörterbüchern, wie man Wörter wie

»Bügelstromabnehmer« und »Lötverbindung« übersetzt, und vor dem Schlafengehen fragten die Frauen sich gegenseitig Vokabeln ab.

Außerdem lernte Ma, dass Übersetzerinnen grundsätzlich verdächtig waren, wegen ihres Kontakts zu Ausländern. Private Treffen zwischen ihnen und den Geschäftspartnern waren verboten. Ma war das meistens egal.

»Einmal wollte eine Deutsche unbedingt meine Familie kennenlernen und sehen, wie wir wohnen. Wir haben ihr gesagt, dass sie nur ganz frühmorgens vor Sonnenaufgang vorbeikommen darf. Um vier Uhr früh war sie bei uns, wir sind im Dunkeln zum Bahnhof gelaufen und haben einen Ausflug gemacht. Erst abends, als es wieder dunkel war, kamen wir zurück.«

»Hattest du Angst?«

»Eigentlich nicht. Aber wir mussten das gut planen.«

»Es ist nichts passiert?«

»Nein, da nicht. Später war da noch ein Deutscher, wir haben auch zusammengearbeitet. Einmal bin ich mit ihm aus der Stadt gefahren, weil er auf dem Land wandern und Honig kaufen wollte. Aber irgendwer hat uns verpetzt.«

»Und dann?«

»Dann hat er so eine Szene gemacht, furchtbar. Der wollte mich heiraten, aber ich ihn nicht. Es gab ein Untersuchungskomitee gegen mich, stell dir vor. Aber irgendwer hat ein gutes Wort für mich eingelegt.«

»Wurdest du gefeuert?«

»Nein. Ich musste einen Brief schreiben und Selbstkritik üben, und dann wurde ich versetzt.«

Als Ma mir davon erzählte, hörte ich zum ersten Mal Verachtung in ihrer Stimme.

Später trennten sich die Wege der Frauen, eine ging nach Australien, eine andere nach Norddeutschland, noch eine nach Frankreich. Keine von ihnen blieb in China, die meisten nahmen Heiratsanträge von Ausländern an. Als Kind fand ich die Vorstellung sehr romantisch, weil ich dachte, dass diese Frauen alle für die Liebe, also die Liebe zu einem Mann, fortgingen. Heute finde ich es wahrscheinlicher, dass sie China vor allem aus Liebe zu sich selbst verlassen haben. Das ist nicht romantisch, es ist viel besser.

Um gehen zu dürfen, musste Ma nicht viel tun. Sie musste nachweisen, dass sie den Mann, den sie heiraten wollte, privat kennengelernt hatte und nicht über die Arbeit. Das gelang. Dann musste sie nur noch kündigen, das war einfach.

Zu ihrem Vater sagte sie, »Ich habe einen Mann kennengelernt, der mich heiraten will, ich werde nach Deutschland gehen«, und ihr Vater sagte, »Wenn es dieses Leben ist, das du willst, dann musst du gehen.« Zu seiner Schwester sagte er, seine Tochter wäre gegangen, weil er so arm ist.

Als Ma fortging, war sie zweiunddreißig Jahre alt. Ihr gesamtes Gepäck befand sich in einem großen roten Hartschalenkoffer. Wochenlang hatte sie sich den Kopf darüber zerbrochen, was sie mitnehmen soll. Was nimmt man mit, wenn man zum ersten Mal ganz absichtlich das Leben anfängt? In Mas Koffer war viel Seide. Zusammen mit ihren Freundinnen war sie Dutzende Male die Nanjing Lu abgelaufen, um nach Kleidung zu suchen, die ihnen für ein Leben im reichen Deutschland fein genug erschien. Eine Freundin, mit der sie bereits in der Fabrik gearbeitet hatte, schenkte ihr eine Bluse, eine andere eine handbestickte weiße Tischdecke.

Am Tag ihrer Abreise entschied sich Ma, ein rotes Seidenkleid zu tragen, passend zu ihrem Koffer. Sie verabschiedete sich von ihren Eltern und Geschwistern, von ihren Schwagern und Schwägerinnen, den Nichten und Neffen. Sie versicherte, Briefe zu schreiben und sehr bald zu Besuch zu kommen. Sie nahm Ayi in den Arm, und alle versuchten, nicht zu weinen. Erst, als sie ihre Eltern umarmte, konnte sie die Tränen nicht mehr zurückhalten. »Du musst schnell los«, sagte Da Ayi, »hab eine gute Reise und pass auf dich auf.« Sonst sagte niemand etwas. Und Ma stieg am Flughafen Shanghai-Hongqiao in den Flieger.

In meiner Vorstellung haben sich alle anderen Fluggäste in diese junge Frau verliebt oder sie wenigstens bewundert, sie, die auf einem Langstreckenflug ein Kleid aus roter Seide trug. Ich sehe, wie sie von ihrem Fensterplatz auf Wolken starrt, Orangensaft trinkt und an das gute Leben denkt. Wie sie versucht, den Abschiedsschmerz zu überschreiben mit Gedanken an Geschäfte voller Jeans aus Amerika, an riesengroße Wohnungen mit modernen Möbeln, an Leute, die in Altstädten Tango tanzen, an frisch aufgebackene Brötchen und ein Leben, in dem sie sich beinahe alles aussuchen kann. Das war tröstlich. Und es half auch über die kleine Enttäuschung hinweg, dass man von China nach Europa nicht übers Meer fliegt.

In Deutschland war vieles anders als gedacht. Die Brötchen waren großartig, aber Ma lernte schnell, dass Deutsche nur sehr selten Seide tragen und eher auf Funktionalität und Bequemlichkeit setzen. Sie muss enttäuscht gewesen sein, auch, weil sie nach all den Jahren in kastigen blauen Uniformen eine Abneigung gegenüber Kleidung entwickelt hatte, die eher funktional als schön sein soll. Trotzdem überwog der Wunsch, in ihrem neuen Zuhause dazuzugehören. Ma strickte Wollpullover, und die schönen Blusen und Kleider verschwanden in dem großen roten Koffer unter ihrem Bett, irgendwann war das Rot unter der Staubschicht kaum noch zu erkennen. Nur zu feierlichen Anlässen holte Ma ihn manchmal hervor. Sie zog dann eine der feinen Blusen an und bekam dafür Komplimente in der neuen deutschen Familie. Nur das rote Kleid hat sie nie wieder getragen.

Die ersten Monate in Deutschland hatte Ma Kopfschmerzen. Der Abschluss, den sie im Übersetzerinnenseminar in Jinshanwei gemacht hatte, wurde nicht anerkannt, und um weiterhin als Dolmetscherin arbeiten zu dürfen, hätte sie eine Weiterbildung machen müssen. Die junge Frau im Arbeitsamt riet ihr zu einer Umschulung. Ma belegte zwei Kurse, nur um überhaupt etwas zu tun zu haben, in einem ging es um Computersoftware, im anderen lernte sie Buchhaltung.

Am Ende der Kurse war sie sich sicher, dass sie in beiden Bereichen niemals arbeiten wollen würde.

Dann wurde sie schwanger. Plötzlich hatte sie eine Aufgabe, und alles wurde wärmer. Die Blicke der Nachbarn, die zu weiche Matratze, der deutsche Winter. Ma dachte ein paar Jahre lang nicht mehr an Lohnarbeit, sie dachte vor allem an mich.

Ich erinnere mich trotzdem an eine Zeit, in der viel über Ma getuschelt wurde. Darüber, dass sie sich wohl zu schade sei, im Supermarkt an der Kasse zu arbeiten. Darüber, dass man das ja kenne von den Asiatinnen, die sich von ihren deutschen Männern aushalten ließen. Ich war noch ein Kind und sah dabei zu, wie diese verächtlichen Worte Ma einkreisten und wie sich die Schlinge immer enger zog. Ich wusste nicht, ob Ma etwas gehört und die Schlinge auch gesehen hatte. Sie sagte nichts, und ich wusste nicht, was ich hätte sagen sollen, also tat ich alles, um ihr zu zeigen, dass ich auf ihrer Seite war. Wenn wir andere Menschen trafen, stand ich neben ihr. Wenn sie einen Witz machte, lachte ich. Wenn jemand im Halbwissen etwas über China behauptete, suchte ich ihren Blick, und wir zwinkerten uns zu. Die Worte taten mir weh, ich fand sie hässlich und falsch. Ich wusste nicht viel über Ma, aber ich bewunderte niemanden mehr als sie. Und ich fand es schon damals vollkommen in Ordnung, dass sie sich für etwas zu schade war. Sie, die nach über dreißig Jahren zum ersten Mal selbst wählen konnte, womit sie ihre Zeit verbringt.

Wenn ich Ma nach ihren ersten Monaten in Deutschland frage, erzählt sie mir von Heimweh und Langeweile. Um ihre Familie nicht zu beunruhigen, machte sie Fotos, auf denen sie sich beim Tippen an einer Schreibmaschine inszenierte. Sie wollte beschäftigt aussehen und zeigen, dass sie als Dolmetscherin viel zu tun hatte, und zugleich gab ihr das Inszenieren der Fotos etwas zu tun. Die Bilder schickte sie mit langen Briefen per Luftpost nach Shanghai. Noch längere Briefe mit ehrlicheren Fotos von ihren Spaziergängen in einem deutschen Stadtpark oder den leeren deutschen Straßen einer deutschen Innenstadt schickte sie an einige ihrer alten Freundinnen aus dem Übersetzerinnenseminar.

Heute schickt Ma keine Briefe mehr, wir haben eine Familien-Chatgruppe. Wir erfahren von den gemeinsamen Abendessen der anderen, wenn Xiao Jiujiu schreibt, *Liebe Familie, wir treffen uns pünktlich um 12 Uhr vor dem Restaurant*, mein Cousin antwortet, *Gut, wir werden da sein!*, und meine Cousine schickt den animierten Sticker einer Katze, der vor kulinarischer Vorfreude der Sabber aus dem Maul tropft. Wir bekommen Fotos von Geburtstagstorten, von Ayis erstem Kurzurlaub seit Jahren oder vom Krankenhausaufenthalt eines entfernten Onkels geschickt. Wir sind dabei, aber immer viel zu weit weg.

Seit Ma ihre Familie für ein Leben in Deutschland verlassen hat, trägt sie eine Schuld mit sich herum. Vielleicht ist es die Schuld der Weggegangenen. Die Schuld derjenigen, die sich für sich selbst entschieden hat. Ich habe schon früh gespürt, dass Ma in China immer ein Unwohlsein bei sich hatte, aber ich wusste nie genau, woher es kam. Erst nach A'bus Tod wurde auf merkwürdige Weise etwas leichter.

Ma hat in ihrem Leben immer versucht, so viel wie möglich von sich zu verbergen. Als ich älter wurde, haben wir angefangen, manche Dinge zu zweit für uns zu behalten. Ich habe oft das Gefühl, dass niemand so genau versteht, wer sie eigentlich ist, egal wo. Vielleicht ist sie auch verschiedene Teile von sich an verschiedenen Orten. Ma erzählt anderen nicht einfach so ihre Geschichte. Selbst ich musste sie danach fragen. Ich bin anders. Vielleicht versuche ich aufzuholen, was sie sich verboten hat. Ma findet, dass ich vorsichtiger sein soll, was ich von mir preisgebe. Sie hat immer gesagt, ich dürfe Menschen nicht so schnell meine Gedanken und Gefühle anvertrauen. Mir fällt das schwer. Ich habe eine auf links gedrehte Seele, ich gieße ständig alles aus mir heraus. Und meistens ist mir ganz egal, wer dabei zusieht. Vielleicht ist das die einzige Sache, in der ich kein Dazwischen finde. Ich kann nur ganz zu und ganz offen. Wenn ich weine, dann weine ich, wenn ich liebe, dann liebe ich, und ich kann diese Dinge nur unter sehr großer Anstrengung für mich behalten.

Irgendwann kam ich in das Alter, in dem ich überzeugt war, meine eigene Freiheit bedeute, frei zu sein von Ma. Das war die Zeit, in der ich möglichst weit von ihr entfernt sein wollte. Es begann damit, dass ich beschloss, eine Weile in dem Land zu leben, dem sie selbst den Rücken gekehrt hatte, und es ging damit weiter, dass ich mir ein eigenes Zuhause suchte, das weit genug entfernt ist von ihrem. Trotzdem träume ich manchmal davon, wir würden uns ein neues, gemeinsames Zuhause suchen. Vielleicht eines mit zwei Wohnungstüren direkt nebeneinander. Auf jeden Fall eines, in dem wir uns gut aus dem Weg gehen können und es trotzdem ganz einfach ist, spontan ein paar Stunden nebeneinanderzusitzen und den Teeblättern im Glas beim Tanzen zuzugucken. Und unbedingt eines, in dem Ma von ihrem Zimmer aus das Meer sehen kann.

jade (二)

Als ich vierzehn war, feierten wir Mas Geburtstag in Shanghai. Zu diesem Anlass hatten wir einen Raum in einem neuen Restaurant gemietet, das Da Jiujiu empfohlen hatte. Es befand sich im vierten Stock des allerneuesten Einkaufszentrums in Xuhui. Von draußen war es ein unscheinbares Gebäude, aber sobald wir eintraten, glänzte alles, der Fußboden, die Rolltreppen, die Schaufenster und die riesigen Kristallleuchten, die hoch über unseren Köpfen schwebten. Ich hatte tags zuvor auf dem Kleidermarkt ein schräg geknöpftes silber-blaues Oberteil aus Polyester gekauft, also glänzte ich auch. Wir fuhren in mehreren Aufzügen nach oben und sammelten uns vor einer Tür, die aussah wie der Eingang zu einem gläsernen Palast. Ein Mann in weinroter Uniform nahm uns in Empfang, und wir schlängelten uns hinter ihm zwischen Tischen hindurch, an denen Gäste Flusskrebsbeine aussaugten und einander Bier nachfüllten.

In dem Nebenraum standen drei große Tische mit Drehplatte in der Mitte. Das Personal hatte Luftschlangen aufgehängt, und meine Cousine hielt einen bunten Luftballon in der Hand, auf dem eine große Fünfzig prangte. Sie ließ ihn los, und er blieb über einem der Tische an der Decke hängen.

Es gab keine Fenster, Ma runzelte deswegen die Stirn. Immerhin gab es zwei moderne Klimaanlagen, und an den Wänden klebte gelbgoldene Tapete. Das kalte Licht verwandelte alles in Kitsch. Xiao Jiujius Frau betrachtete die tänzelnden roten Bänder vor den Lamellen der Klimaanlage.

»Es ist viel zu kalt«, stellte sie fest, und kurz darauf folgte mein Cousin dem Auftrag seines Vaters, der Bedienung auszurichten, dass sie die Temperatur doch etwas hochstellen sollte.

»Ja, die sollen unbedingt jemanden schicken«, rief Ma ihm hinterher, obwohl eigentlich schon alles besprochen war. »Vielleicht können wir sie sogar ganz ausschalten.«

»Lieber nicht, es wird später beim Essen auf jeden Fall heiß«, sagte meine Cousine.

Ma nickte, als hätte sie nur deshalb etwas vorgeschlagen, um sich am Gespräch zu beteiligen. Sie stellte ihre Tasche auf einem Stuhl ab, von dem aus der ganze Raum zu überblicken war, ich setzte mich auf den Platz links daneben und schaute dem Gewusel zu.

Die Cousins führten A'bu zu einem Stuhl mit Rücken zur Wand, Da Jiujiu hängte ihre Jacke an die Garderobe, Da Ayi ging von Tisch zu Tisch und überprüfte die Sauberkeit der Porzellanschälchen, eines nahm sie in die Hand und eilte damit zu einer Kellnerin, um es austauschen zu lassen. Alle hatten was zu organisieren, nur ich nicht, und Ma eigentlich auch nicht, obwohl sie die Gastgeberin war. Sie ging ab und zu ein paar Schritte um den Tisch herum und zuppelte ihren knallpinken Pullover zurecht. Ich war froh um das Nichtstun, ich war ganz gern die Beobachterin. So eine, die gar nichts hinzuzufügen hat, außer sich selbst.

Meine Cousine rief meinen Namen an den vielen Körpern vorbei und setzte sich zu mir.

»Häng das mal lieber hier drunter«, sagte sie, zog die lila Stuhlhusse hinter mir von der Lehne und nahm mir die Jacke aus der Hand. »Ist besser so, sonst riecht die nachher total nach Essen.« Sie untermalte ihre Worte mit einer wedelnden Handbewegung, kniff mir kurz in die Nase, und ich lachte.

Ich war froh, dass sie sich um mich kümmerte. Ich bewunderte sie wie eine ältere Schwester und nannte sie auch so, 姐姐, Cousine oder Schwester, wir haben da nie einen Unterschied gemacht – nicht, als sie mir ihren roten Lippenstift auftrug, als ich zehn war, und nicht, als ich zwei Jahre später in ihre alte Schuluniform schlüpfen durfte und sie mich, die kleine Schwester aus dem Ausland, ihren Kollegen vorführte. Und auch nicht zwei Abende zuvor, als wir auf ihrem Bett lagen, Fruchtgummi kauten und überlegten, in welchen Farben wir uns die Nägel lackieren lassen würden. Wie gut, dachte ich, so sicher zwischen ihr und Ma am Tisch zu sitzen.

Meine Cousine war gerade zwanzig geworden und hatte einen neuen Job in einem Hotel angefangen, bei dem sie ab und zu mit internationalen Gästen Englisch sprechen musste. Sie mochte das nicht besonders, aber für mich kramte sie in ihrem Gedächtnis nach Vokabeln, wenn ich manche Wörter nicht kannte. Im Gegenzug fragte sie mich nach englischen Begriffen und Aussprachen. Sie machte es leichter für mich, vor ihr fühlte ich mich niemals dumm, und folglich musste ich vor ihr auch niemals nicken, obwohl ich etwas nicht verstanden hatte.

Mas Blick wanderte über die Tische. Bis heute geht sie nicht gern in Restaurants. Das Essen schmeckt ihr am besten, wenn ihre Schwester es kocht, und sie mag die Verschwendung nicht, all die Reste, die übrig bleiben. An diesem Morgen hatte sie ein Bündel pinker Einhundert-Yuan-Scheine abgezählt und in das innen liegende Reißverschlussfach ihrer Handtasche gesteckt.

»So viel?«, staunte ich.

»Du weißt doch, wir müssen auch mal ein bisschen Geld ausgeben und alle einladen.«

»Ja, ich weiß«, sagte ich trotzig, wie fast immer, wenn Ma mir erklärte, wie die Dinge in Shanghai laufen. Oft stimmte das, weil ich so vieles längst beobachtet hatte, aber manchmal war es auch gelogen. Aber immer sagte ich, »Ich weiß«, meist mit genervtem Unterton, als würden diese beiden Wörter eigentlich noch viel mehr Informationen beinhalten – *ich weiß, dass wir auch mal Geld ausgeben müssen, ich weiß, dass hier alle so viel für uns tun, dass sie in ihren Wohnungen zusammenrücken, damit wir bei ihnen schlafen können, dass sie den ganzen Einkauf bezahlen, dass sie kochen, dass sie uns vom Flughafen abholen, dass der Sprit kostet, dass die Zeit kostet, die wir dann im Stau stehen, dass sie mir Goldringe schenken und Taschengeld zustecken, dass sie mit uns Ausflüge machen und Eintrittskarten kaufen, wenn wir zu Besuch sind. Und, dass sie sich wehren, wenn wir auch mal zahlen wollen. Und, dass wir dann eigentlich immer verlieren.*

Das Gefühl, das auf dieses Wissen folgte, schob ich meistens beiseite. Es gibt viele Währungen auf der Welt, die einen bezahlen in Yuan, den anderen wird schon beim Versuch, eine Rechnung zu begleichen, die Hand weggeschlagen. Auch dieses Mal würde Da Ayi kurz vor unserer Abreise mit mir in die Mall an der Yishan Road fahren, mich in die Abteilung mit den Schmuckvitrinen ziehen, auf ein Armband mit goldenen Anhängern zeigen und die Verkäuferin bitten, es mir anzulegen. Ich wäre zu verlegen und unterlegen, sie davon abzuhalten. Die Verkäuferin würde ihr den Preis nennen, Da Ayi einen Stapel Scheine aus einem alten Briefumschlag ziehen, und sie das Geld zählen lassen. Die Frau hinter der Vitrine würde den Stapel biegen, sodass ihre angefeuchteten Finger blitzschnell über die Papierkanten springen können. Im Anschluss sollte sie den Stapel in eine Geldzählmaschine legen, eher fürs Protokoll, nicht unbedingt, weil die Maschine ihren Fingern überlegen ist. *Drrrrrrrr.* Da Ayi würde für mein Armband viel Geld ausgeben und am Wochenende ihre Steppjacke zum achten Mal flicken, um sich keine neue kaufen zu müssen. Immer, wenn Ma und ich wieder zurück nach Deutschland fliegen, sind zu viele pinke Scheine in unseren Taschen übrig.

Meine Cousine zog mein Weinglas zu sich heran und füllte unsere Gläser bis zum Rand mit 7Up. Neben mir strich Ma mit den Handflächen über den Tisch, stand kurz auf und ließ ihren Blick durch den Raum schweifen. Ich sah ihr an, dass sie nervös war. Ihre kleinen Brüder waren schon immer die besseren Redner, weil sie kein Lampenfieber haben und weil sie die richtigen Melodien für Ansprachen beherrschen. Sie wissen, wann der beste Moment für eine Atempause ist, wann sie lauter werden müssen und wann sie am besten mehrere Wörter so eng zusammenziehen, dass sie klingen, als wären sie eins.

»Ich weiß das eigentlich auch«, hat Ma mal zu mir gesagt, »aber ich vergesse das, wenn sie mich alle so angucken.«

An allen Tischen füllten sich die Gläser, außer 7Up gab es Fanta, chinesischen Rotwein, gelben Shaoxing-Wein und glasklaren Schnaps. Für A'bu bestellte jemand zusätzlich heißes Wasser. Schließlich stand Ma wieder auf und hob ihr Glas.

»Ich möchte euch allen danken, dass ihr heute hier seid, um mit mir meinen Geburtstag zu feiern.«

Sie gab sich Mühe, laut genug zu sprechen, um das allgemeine Gemurmel zu unterbrechen. Mehr als diesen einen Satz sagte sie nicht. Alle hoben ihre Gläser und gratulierten, manche schlugen zum Applaus die Gläser auf die Tischplatte. Xiao Jiujiu rief: »Fünfzig Jahre!«

Ma lachte und plumpste auf ihren Stuhl zurück. »Oje, so alt schon«, seufzte sie zu mir rüber, und ich strich ihr über den Arm und sagte: »Ja, aber du siehst aus wie dreißig.«

Dann wurden die Vorspeisen serviert. Alle paar Minuten schaute meine Cousine auf meinen Teller. Ihre linke Hand klebte an der Drehplatte, jedes einzelne der unzähligen Gerichte schob sie in mein Sichtfeld, stieß mich mit dem Unterarm an und versuchte, mich vom Probieren zu überzeugen, als sei es ihr Job, als wüsste sie genau, dass unsere Onkel und Tanten und vor allem A'bu später fragen würden, wovon ich probiert und was ich besonders gern gegessen hatte, um das Gericht am nächsten Tag nachzukochen. Aus den Vorspeisen wurden Hauptgerichte, ein nahtloser Übergang. Irgendwann blieb ein Teller schwarz glänzender Häppchen vor mir stehen. Meine Cousine schaute mich erwartungsvoll an. Ich drehte mich zu Ma.

»Was ist das?«

»Das ist ein typisches Shanghai-Gericht, wie heißt das noch mal … das ist wie diese Schlange ––«

»Das ist Schlange?«

»Nein, diese Schlange im Wasser.«

»Aal.«

»Ja, Aal. Aber ich habe vergessen, wie das auf Chinesisch heißt, das gibt's doch nicht …« Sie schüttelte den Kopf und starrte in das Gericht, als hätte sich der Name zwischen dem zerteilten Aal und den Knoblauchzehen verkrochen.

»Ist doch nicht so wichtig«, sagte ich. Ich brauchte nur eine gute Ausrede, um nichts probieren zu müssen. Zerstückelte Wasserschlange war als Ausrede gut genug.

Die Kellnerinnen tauschten leere Teller durch volle aus und schoben die Reste von einer Platte auf eine andere, um Platz für Neues zu schaffen. Zwischendurch kam immer wieder jemand vorbei, um mit Ma und mir anzustoßen. Jedes Mal standen wir auf und hielten unsere Gläser mit beiden Händen fest, stießen für die Kamera an, und erst beim zweiten Mal tranken wir wirklich. Es war warm geworden, uns allen stand der Schweiß auf den Wangen.

Am Nebentisch färbten sich die Gesichter rot vom Alkohol. Da Jiujiu konnte ich ansehen, dass er nüchtern war, aber er hatte sich von seinen kleinen Brüdern überreden lassen, zwischen ihnen Platz zu nehmen und ihren melancholischen Geschichten zuzuhören. Die Männer tätschelten sich immer wieder gegenseitig den Rücken, ihre Augäpfel glänzten wie Litschis aus der Dose, und ihre Köpfe wiegten auf und ab.

»Gleich zitiert dein Onkel wieder Gedichte«, sagte Ma, und endlich eilte die Kellnerin herein und regelte die Temperatur runter. Als auf den meisten Tellern nur noch Gräten und Karottenblumen lagen, wankte Xiao Jiujiu zu mir herüber und füllte mein Glas mit Rotwein auf. Ma zog die Augenbrauen nach oben.

»Ah, sie ist doch schon fast erwachsen! Nicht wahr, du bist schon groß, die Zeit fliegt so schnell dahin, sie fliegt, und du fliegst auch, 飞马, du fliegendes Pferd, gestern haben wir dich noch gefüttert und gebadet, jetzt bist du schon fünfzehn, und nicht mehr lang, dann wirst du heiraten, und dein Xiao Jiujiu wird dir die schönste Hochzeit ausrichten, jawohl!«

»Aber ich will gar nicht heiraten.«

»Ist doch nur Spaß«, zischte Ma mich an und stieß mir den Ellbogen in die Rippen.

Also schaute ich zu Xiao Jiujiu auf, lachte und nickte, und Ma hielt ihre Hand über mein Glas.

»Okay, das reicht.«

»Tssss«, machte Xiao Jiujiu, klopfte mir auf den Rücken und wandte sich dem Nebentisch zu.

Es war unheimlich anstrengend, dem lallenden Shanghai-Dialekt zu folgen. Ich verstand mehr als am Tag unserer Ankunft und weniger als noch vor dem Festessen. Trotzdem war ich lange nicht so glücklich. Ich schaute zu Ma, die mit ihren Schwestern plauderte, und fand, dass auch sie glücklich aussah. Beinahe, als wäre sie immer hier gewesen.

Vielleicht fällt ihr der Name von dem Gericht wieder ein, dachte ich. Und vielleicht können wir bald die Torte mit den Wunderkerzen reintragen, die zwar nur nach Luft und Zucker schmeckt, aber toll aussieht. Dann dimmen wir das Licht, singen ein Lied, und zum Schluss tunke ich meine Finger in die Torte und schmiere Ma Sahne ins Gesicht. Überall blitzen die Kameras, es werden sicher schöne Bilder. Vielleicht gehen wir später noch Karaoke singen. Vielleicht ist Ma dann ein wenig betrunken und hakt sich auf dem Heimweg bei mir unter.

Eine von Mas Schwägerinnen legte eine Hand auf meine Schulter und beugte sich zu ihr.

»Ich habe ein Geschenk für dich.«

Sie zog eine quadratische Schachtel mit einer kleinen Schleife hervor und hielt sie Ma hin. Ich kannte diese Art Schachtel, darin ist immer Schmuck.

»Was? Du sollst mir doch nichts schenken!«

»Quatsch, natürlich muss ich.«

Ma klappte den Deckel auf. Auf einem samtüberzogenen Kissen lag ein Armreif aus Jade. Der Stein war fleckenlos, wie gemalt ging sein zartes Grün in milchiges Weiß über. Er sah schwer aus und war mit Sicherheit dicker als der, den A'bu trug. Ich fand ihn wunderschön. Ich konnte Ma ansehen, wie überrascht sie war. Sie sammelte sich kurz und fing dann an, sich angemessen zu empören.

»Du hättest niemals so viel Geld ausgeben dürfen!«

»Pah, so ein Unsinn, was für Geld!«

»Wirklich, das geht nicht!«

»Jetzt hör gefälligst auf, es ist dein Geburtstag!«

»Ach, das hat nichts damit zu tun, das ist zu wertvoll!«

»Wie redest du? Zu wertvoll, so ein Unsinn!«

Die beiden Frauen schoben die Schachtel ein paarmal nachdrücklich zwischen Tisch- und Stuhlkante hin und her, wissend, dass Ma das Geschenk am Ende annehmen würde. Außer mir und meiner Cousine bekam niemand etwas von dem Gerangel mit.

»Okay, okay, okay, danke dir vielmals. Er ist wirklich schön«, gab Ma schließlich nach.

»Probier mal, ob er passt.«

Sie nahmen den Armreif von seinem Kissen, und Ma versuchte, ihn sich über ihre rechte Hand zu schieben. Er war zu eng.

»Oh, was machen wir jetzt? Doch, der muss passen. Meiner war auch etwas klein. Vielleicht mit Öl?«

Ma hatte beide Hände in den Schoß gelegt und verzog das Gesicht bei dem Versuch, ihre Hand durch den Armreif zu pressen. Ich habe niemals zuvor und auch niemals wieder erlebt, dass es so viel Kraft kosten kann, ein Schmuckstück anzulegen.

»Tut das nicht weh?«, fragte ich.

»Nur ein bisschen. Gleich geschafft.«

Mas Fingerspitzen färbten sich weiß. Sie drückte ihre Hände noch tiefer in den Schoß. Und dann, ein paar Sekunden später, baumelte der Armreif an ihrem Handgelenk, und ihr Gesicht entspannte sich.

»Rückt mal enger zusammen!«

Meine Cousine hatte sich ihre Kamera geschnappt und war auf die andere Seite des Tisches gelaufen. Ma hielt stolz den rechten Arm nach oben, damit der Armreif gut zu erkennen sein würde. Den anderen Arm legte sie um ihre Schwägerin. Die beiden lachten gelöst, anders als sonst auf den Familienbildern. Es war ein echtes Lachen, ich war mir sicher, dass es ganz bestimmt sogar noch auf dem Foto zu erkennen sein würde. Gut möglich, dass die beiden schon viele Jahre zuvor genau so miteinander gelacht hatten. Damals trugen sie Dauerwelle und feine Pumps, und sie waren noch keine Mütter. Ich beugte mich aus dem

Bild heraus. Meine Cousine zählte von drei runter und drückte auf den Auslöser. Wir guckten gemeinsam auf das kleine Display und waren zufrieden.

»Gut!«, rief Ma und ließ sich wieder auf ihren Stuhl fallen. Plötzlich sah sie ganz jung aus, sogar noch jünger als dreißig, fand ich. Irgendwas hatte sich verändert, in ihrem Gesicht und in ihrer Haltung. Ich griff nach Mas Handgelenk und zog ihren Arm zu mir rüber. Der Armreif war schön, und trotzdem beunruhigte mich der Gedanke, dass er sich womöglich nur ablegen lassen würde, indem man ihn zerbrach.

»Den kriegst du doch niemals wieder ab.«

»Wahrscheinlich nicht. Aber schon okay, das ist jetzt so. Alles Gewöhnungssache.«

Ma spreizte die Finger und drehte ihre Hand in verschiedene Richtungen, wie eine Zirkusartistin, die Teller auf langen Stäben balanciert.

»Steht dir aber gut«, sagte ich.

»Oder?« Ma zog die Hand zurück. »Ich hatte noch nie so einen.«

schönheit

Ich wurde mit einem Irokesen und einem Feuermal auf der Stirn geboren. Ma erzählt, dass ich sehr viele dicke schwarze Haare hatte, die sich wild auf meinem Köpfchen auftürmten. Und genau zwischen meinen Augenbrauen prangte ein roter Fleck. Angeblich ist das eigene Kind für alle Mütter das schönste Kind der Welt. Ma sagt, sie habe sich Sorgen gemacht, dass das Mal nicht wieder verschwinden würde, und ich gezeichnet gewesen wäre vom Leben, ohne überhaupt einen einzigen Tag gelebt zu haben. Aber zu ihrer Erleichterung verschwand es nach ein paar Monaten und hinterließ einen unbeschriebenen Platz, der eines Tages von Denk- oder Zornesfalten und von buschigen Augenbrauen eingenommen werden konnte.

Ich bezweifele, dass es wirklich so gewesen ist. Von dem Feuermal gibt es jede Menge Beweisfotos, die Sache mit dem Irokesen direkt nach der Geburt erscheint mir allerdings unlogisch. Aber es ist eine gute Geschichte, es ist Mas Geschichte, und deswegen wurde ich mit einem Irokesen und einem Feuermal auf der Stirn geboren.

Ich habe seit zehn Jahren ungefähr den gleichen Haarschnitt. Manchmal etwas länger, manchmal kürzer, aber meistens irgendwie mittellang. Jetzt halte ich die Mitte nicht mehr aus. Sie sagt, dass ich mich nicht entscheiden kann. Dabei habe ich versucht, sie wachsen zu lassen, mehrmals, ich habe immer wieder von dicken, langen Wellen geträumt, die mir bis über die Brust reichen, aber es klappt einfach nicht. Meine Haare werden spätestens auf Höhe meiner Schultern splissig, sie wölben sich an den ungünstigsten Stellen nach außen und scheinen nicht mehr weiterzuwachsen. Manchmal glaube ich, sie drehen sich ab dieser Länge nur noch um sich selbst, genau wie Menschen ab einem gewissen Alter. Ich kann mich nicht auf sie verlassen. Ich brauche aber Dinge, auf die ich mich verlassen kann.

Die Frau vor mir, ich schätze sie ist etwa in meinem Alter, trägt eine weite Latzhose, und ihre Haare sehen aus, als wäre sie gerade im Meer schwimmen gewesen. Sie ist schön. Sie streckt mir ihre Hand entgegen, ich stehe auf und lege meine in ihre.

»Hey.«

»Hi, I'm Maggie. Follow me.«

Sie weist mir den Weg zu einem gemütlichen Lederstuhl vor einem riesigen rahmenlosen Spiegel. Ich mag, dass sie nicht die ganze Zeit über lächelt, wer kann das schon. Ich setze mich, Maggie steht schräg hinter mir, wir schauen uns im Spiegel an.

»So, what's the plan?«

»Well. I need you to cut it really short«, sage ich, und Maggie sagt laut, »YES!«.

Es freut mich, dass sie sich freut. Ich zeige ihr Screenshots von Models mit kurzen Haaren, die auftauchten, als ich nach »short dark wavy hair« suchte, obwohl mir klar ist, dass ich niemals aussehen werde wie eine von ihnen. Maggie zoomt in zwei der Bilder hinein und nickt.

Ich habe lange darüber nachgedacht, mir die Haare einfach abzuschneiden, ganz kurz, ganz modern, ganz praktisch. Bisher hat mir immer das letzte bisschen Mut gefehlt, aber schließlich war die Genervtheit größer als die Sorge. Außerdem hilft Perspektive bei der Abwägung von Risiken: Mein Jiujiu ist gestorben (Speiseröhrenkrebs), meine Oma ist gestorben (das Alter), meine Tante ist gestorben (Darmkrebs), A'bu ist gestorben (das Alter und vielleicht der Schmerz darüber, dass sie ihren Sohn begraben musste). Haare wachsen nach, Menschen nicht, denke ich, während Maggie mir mit viel zu wenig Druck die Kopfhaut massiert und fragt, ob das so okay sei.

»Ja, wunderbar«, sage ich.

Ich will, dass sie sich gut fühlt. Ich weiß, dass sie dafür bezahlt wird, dass ich mich gut fühle. Ich weiß, dass es vollkommen okay wäre, um etwas mehr Druck zu bitten. Aber ich halte es nicht aus, wenn Leute meinem Körper gegen Bezahlung Gutes tun. Am schlimmsten ist es in den teuren Massagetempeln in Shanghai, in denen man wie eine Königin behandelt wird, gebettet auf samtene Récamieren in privaten

Suiten mit perfekt aufgeschnittenen Wassermelonenscheiben.

Ich erinnere mich an Arbeiterinnen in unscheinbaren Uniformen ohne Namensschilder und an perfekt gefaltete und gebügelte Zweiteiler mit goldenen Nähten, in die wir Gäste uns kleideten.

Die Masseurinnen trugen alle die gleiche Frisur, einen bescheidenen, im Nacken zusammengebundenen Dutt. Sie schwärmten in den Raum, als wäre jede von ihnen auf einen unserer Körper gepolt, sie dockten an uns an wie Magnete. Die Frau vor mir grüßte mich kaum hörbar, während sie meine Füße behutsam in eine tiefe Schale mit lauwarmem Wasser und Rosenblüten hob. Ihre Haut war dunkler als meine. Sie saß auf einem niedrigen Holzhocker, etwas tiefer als ich, sodass sie ihren Blick nach oben richten musste, um mir in die Augen zu sehen. Eigentlich schaute sie mir aber nie in die Augen.

Ich erinnere mich an ein Gespräch. Ich fragte die Masseurin, ob sie aus Shanghai stammt, obwohl ich die Antwort kannte. Die Frauen lachten alle – so ein verbündetes, schwesterliches Lachen –, während meine Füße im Rosenwasser weich wurden, und dann zählten sie die Namen verschiedener Provinzen auf: Henan, Hubei, Anhui, Shaanxi. Ich wollte anmerken, dass es bestimmt hart ist, so weit von zu Hause weg zu sein, aber dann habe ich es gelassen. Es kam mir nutzlos vor. Die Frau vor mir hob einen meiner Füße aus der Schale und trocknete ihn ab. Dann legte sie ihn auf einen ihrer Schenkel und begann damit, Hornhaut von meinen Fersen zu entfernen. Ich fragte mich, ob sie auch die Hornhaut von ihren eigenen Fersen entfernt, und ich fragte sie, was das Schönste an ihrer Heimatprovinz sei. »Berge und Wasser«, sagte sie, ohne zu mir aufzublicken. Sie ölte meinen Fuß ein, dem man zu diesem Zeitpunkt nirgends mehr ansehen konnte, dass er meinen Körper bereits über zwanzig Jahre durch die Gegend getragen hat, und dann wickelte sie den eingeölten Fuß in ein trockenes Handtuch und legte den zweiten umsichtig daneben.

Maggie sagt, dass sie vor ein paar Monaten ihren Job in London aufgegeben hat, die Stadt war ihr zu schnell und zu hektisch. Ich muss ihr keine Fragen stellen, sie redet einfach. Sie erzählt, dass sie die Berliner Partyszene liebt und die Menschen hier, außerdem die Sommerabende am Kanal und die Nähe zur Natur. Sie vermisst das Reisen, sie spart gerade für einen mehrwöchigen Urlaub in Kambodscha. Maggie redet diese Dinge in den gluckernden Abfluss hinein, zwischen die vielen Haare, die mir beim Waschen ausfallen. Sie trägt keine Uniform, und ich kenne ihren Namen, sie wird fairer für ihre Arbeit bezahlt, und wir haben uns seit meiner Ankunft schon mehrmals in die Augen geschaut. Maggie braucht meine Bestätigung nicht. Trotzdem will ich, dass sie sich gut fühlt. Sie wringt meine nassen Haare aus und wickelt sie in ein Handtuch. Ich folge ihr nach vorne, setze mich auf den Stuhl und lasse mir ein schwarzes Cape um den Hals binden. Maggie kämmt mir die Haare, zieht meinen

Scheitel nach und zückt ihre Schere. Sie sieht aus, als müsste sie über diese Bewegungen nicht nachdenken, wahrscheinlich bin ich ihre zehnte Kundin an diesem Tag. Aber ihre Vorfreude scheint größer zu sein als bei einem einfachen Stufenschnitt.

»Okay, let's go – bist du sicher?«

Ich bin sicher. Maggie lächelt ihr zweites Lächeln, und dann fallen meine Haare in nassen Strähnen auf den Boden, und ich werde langsam leichter.

Die Frau, die mich zwanzig Minuten später aus dem Spiegel ansieht, habe ich noch nie gesehen. Vielleicht fällt es mir deshalb nicht so schwer, sie schön zu finden. Sie sieht erwachsener aus, irgendwie. Ich ziehe meine Hände unter dem Umhang hervor und fahre mir mit den Fingern durch die Haare. Es fühlt sich gut an.

»I love it!«, sagt Maggie.

»Ja«, sage ich. »Ich muss mich noch kurz dran gewöhnen. But I'm happy!«

Ich bedanke mich und stehe auf. Wir geben uns zum Abschied die Hand, ich zahle fünfundsechzig Euro, ich gebe zu viel Trinkgeld. Auf dem Heimweg fühle ich mich wie ein anderer Mensch, und ich mag das.

Eine Woche später fahre ich zu Ma. Ich bin seit Tagen nervös, und das ärgert mich. Es ärgert mich, dass ich einen mutigen Haarschnitt habe, aber mich das Urteil meiner Mutter noch immer nervös macht. Ich klingele, obwohl ich einen Schlüssel habe.

»Na!« Ma öffnet die Tür, sie lacht, und ich nehme

sie eher flüchtig in den Arm. Ihr Kopf liegt kurz auf meinem Schlüsselbein. Bei jedem Besuch habe ich das Gefühl, dass sie dünner geworden ist, dass der Radius meiner Umarmung kleiner wird, dass ihr Körper sich langsam in den kleinen Körper ihrer Mutter verwandelt. Es ist unvorstellbar, dass ich aus diesem Körper entstanden sein soll. Für einen Moment vergesse ich meine Nervosität, weil ich mich freue, dass wir uns sehen. Dann geht es los.

»Deine Haare sind kurz.«

Sie mustert mich, ihr Lachen ist verschwunden, ich lege meine Tasche ab und ziehe die bunten Hausschuhe aus dem Regal, die ich in diesem Haus seit fünfzehn Jahren trage. Meine Füße sind seitdem nicht mehr gewachsen, und wenn ich in diese Schuhe schlüpfe, fühle ich mich, als wäre ich auch sonst die Gleiche geblieben.

»Und, wie findest du's?« Ich warte auf das Urteil.

Ma macht ein leidendes Geräusch. »Du hast deine Schönheit abgeschnitten«, sagt sie schließlich. Mehr nicht.

Ich reiße mich zusammen. Das Einzige, was schlimmer ist als die fehlende Anerkennung der eigenen Mutter, ist, wenn man deswegen vor ihr weint. Ich habe das oft getan, ich habe vor ihr geweint, und Ma hat immer gesagt, »Du bist so empfindlich«.

Ich will ihr zeigen, dass ich Fortschritte gemacht habe, dass ich nicht mehr so empfindlich bin. Ich halte die Tränen zurück, aber ich bin enttäuscht, dass sie mir meine Schönheit abspricht. Sie kann das nur, weil sie von allen die Schönste ist. Ob alle Kinder ihre Mütter so schön finden wie ich meine?

Ich folge Ma in die Küche, betrachte ihre langen Haare, die genau wie ihr restlicher Körper immer dünner werden und am Ansatz grau. Sie hasst das. Auf den Fotos aus den Siebzigern sind ihre Haare dick, tiefschwarz und fallen ihr in großen Wellen über die Schultern.

»Was trinken wir?«

Ich ziehe eine Flasche Prosecco aus dem Regal. Wenn wir trinken, sind wir meistens sanfter zueinander.

»Ich weiß, dass du kurze Haare hässlich findest«, sage ich, obwohl mir klar ist, dass Ma das nie so ausgedrückt hätte.

»Tsssss«, macht Ma und hält mir zwei Sektgläser hin wie ein Friedensangebot. Die Kohlensäure macht ein ähnliches Geräusch, als ich den Prosecco eingieße, nur wohlwollender. Ich will auch wohlwollend sein. Ich habe Ma und ihre Haare so oft auf alten Fotos bewundert, aber viel seltener nach den Geschichten hinter den Bildern gefragt. Wir nehmen die Gläser mit in den Garten. Ma setzt sich ein weißes Cap auf den Kopf.

»Und was hat das gekostet?« Ma fragt, ohne mich anzusehen.

»Fünfundvierzig Euro«, lüge ich.

»Schon teuer.«

»Hm.«

Ma mag bescheidenes Blau nicht, weil sie in ihrer

Kindheit und Jugend die blauen Mao-Uniformen tragen musste. Vielleicht mag sie auch kurze Haare nicht, weil die Revolution kurze Haare eingefordert hat. Für die Revolution musste man nicht schön aussehen. Im Gegenteil. Es war sogar verpönt, es zu wollen.

»Wie war das noch mal, als dir die Haare abgeschnitten wurden und du das nicht wolltest?«

»Das hab ich doch schon so oft erzählt.«

Es gibt Geschichten, die sie immer wieder ein kleines bisschen anders erzählt. Und vielleicht habe ich die letzten Male an manchen Stellen nicht aufmerksam genug zugehört. Ma schweigt und legt den Kopf in den Nacken. Sie sieht nicht besonders nachdenklich aus, sondern so, als würde sie den Moment genießen, hier draußen im Garten, sie hat die Hausschuhe von den Füßen gestreift, spürt die warme Sonne auf dem Körper und die selten gewordene Gesellschaft ihres einzigen Kindes.

»Wir sollten alle unsere Haare abschneiden lassen, aber ich wollte das nicht.«

Sie betont *ich* und *nicht*. Ich kann hören, dass sie ein bisschen stolz darauf ist, widerständig gewesen zu sein. Heute denkt das niemand mehr von ihr, die meisten Leute halten sie für schüchtern, weil sie nicht viel redet, aber eigentlich denkt sie nur mehr darüber nach, ob es sich lohnt, etwas zu sagen. Ich überlege, wie lange ihr dieses Bild schon anhaftet, ob sie von der deutschen Familie, in die sie hineinheiratete, jemals nach ihrer Geschichte gefragt wurde. Oder nach ihren Geschichten. Die meisten Menschen in Mas Leben wissen nichts von ihrem früheren Ich, und selbst, wenn sie es ihnen erklärt, ist es schwer nachzuvollziehen. Manchmal lohnen sich deswegen nur Erzählungen. »Die können sich alle nicht vorstellen, wie ich früher war. Aber du, du weißt das«, hat sie mal mit verschwörerischer Stimme zu mir gesagt, und seit diesem Tag bin ich nicht mehr nur Tochter, sondern auch Verbündete.

»Du warst noch in der Schule, oder?«, frage ich.

»Ja. An einem Tag sollten wir alle auf dem Schulhof antreten, und die Lehrerinnen sollten uns mit Küchenscheren die Haare schneiden. Auf Kinnlänge, alle gleich. Stell dir vor. Ich glaube, die Scheren waren sogar rostig.«

Ich stelle es mir vor wie in einem Film.

»Warum noch mal?« Ich kenne die Antwort, aber ich will, dass Ma es ausspricht.

»Wa-rum.« Sie stößt Luft durch die Nase aus. »Wegen der Kulturrevolution, natürlich.«

Ich weiß nichts über die Kulturrevolution. Fast nichts. Lange kannte ich nur die Halbsätze, in denen Ma sagte, dass sie mehr über Marx und Lenin wisse als die meisten Deutschen. Und ich kenne die Melodien, die sie beim Abwaschen vor sich hin summt, erst ohne Text, dann mit einem Text, den ich nicht verstand, später mit einem Text, den ich zu übersetzen gelernt hatte:

Der Osten ist rot, die Sonne geht auf
China hat Mao Zedong hervorgebracht
Er sucht das Glück für das Volk
Er ist der große Erlöser der Menschen

Dass der Osten rot ist, kann ich nicht vergessen, auch wenn es für mich etwas anderes bedeutet als für Ma. Manchmal ist sie selbst erschrocken darüber, dass diese Lieder sich in ihren Kopf zurückschleichen, aber wahrscheinlich waren sie nie weg. Ein anderes Lied handelt von einem Kind, das seine Mutter liebt und seinen Vater, aber am meisten den Großen Vorsitzenden Mao Zedong. Verirrt sich die Melodie ganz beiläufig in ihren Mund, lacht Ma sie beiseite und sagt: »Wir haben das ständig gesungen.«

An deutschen Spülbecken ist kein Platz, um über Mao zu sprechen. Und wenn doch, dann über seinen -ismus und seine Verbrechen. Es ist leicht, den Diktator auf den Stapel der Diktatoren zu legen. Aber wohin mit den Kindern von damals, die davon sangen, dass sie den Großen Vorsitzenden mehr lieben als ihre eigenen Eltern, so oft, bis sie es womöglich wirklich glaubten?

Ma erzählt, wie sich alle Mädchen auf dem Schulhof versammelten. Es war irgendwann in den späten Sechzigern, an das genaue Jahr kann sie sich nicht erinnern. Dort warteten schon die Lehrerinnen mit den großen rostigen Küchenscheren. Sie gingen von Schülerin zu Schülerin, fassten deren Haare mit einer Hand zu einem Zopf zusammen und schnitten sie auf

Kinnlänge ab. Schwarze Strähnen fielen zu Boden, an der Wand des Schulgebäudes lehnten schon die Besen, mit denen ausgewählte Schülerinnen sie im Anschluss zusammenfegen würden. Es gab keine Wahl, nur Gehorsam. Ma weigerte sich. Die Lehrerin wurde wütend und rief schließlich Mas Schwager zu Hilfe. Der kam vorbei, eilig, mit dem Fahrrad, und redete auf sie ein. Aber Ma blieb stur. Also setzte er sein gutmütigstes Gesicht auf, sprach mit der Schulleiterin, nickte dabei fast so stark, dass sein Nicken einer Verbeugung glich. Dann nahm er Ma an die Hand. Die beiden machten einen langen Spaziergang am Bund entlang, zwischen den dreckigen Wassermassen des Gelben Flusses auf der einen Seite und den herrschaftlichen Kolonialbauten auf der anderen. Er kaufte ihr einen Stab mit kandiertem Weißdorn, sie fuhren mit der Fähre über den Huangpu, und irgendwann verstand Ma, dass sie mit ihrem Trotz nichts gewinnen würde, im Gegenteil. Es war eine einfache Kosten-Nutzen-Rechnung: Haare wachsen nach, Chancen nicht. Sie war klug genug, das zu verstehen. Trotzdem wollte sie sich nicht von ihrer Lehrerin mit einer Küchenschere die Haare schneiden lassen, mit der zuvor den anderen Mädchen in der gleichen Manier die Haare gekürzt worden waren. Also begleitete der Schwager sie zum Friseur. Dort bekam Ma schließlich den gleichen Schnitt wie alle, aber sie bekam ihn auf einem anderen Weg. Und so hatte sie irgendwie gleichzeitig gewonnen und verloren.

Ich höre ihr zu, es ist eine Geschichte von vielen, wie die mit der Kuh, die mit der Jeans, die mit der Fabrik, die im Schwimmbad. Außer mir wird sie wahrscheinlich niemand aufbewahren. Während Ma erzählt hat, haben wir unsere Gläser geleert und neben die Stühle ins Gras gestellt. Wir haben uns kaum angesehen, die Sonne blendet, ich habe die Augen geschlossen.

Ma wollte immer die Schönheit vom Leben, aber die Politik hat ihr diesen Wunsch verwehrt. Ich hätte es auch nicht ausgehalten. Ich hätte auch nach der Fuge zwischen den Pflastersteinen gesucht, aus der man ein bisschen in Richtung Sonne wachsen kann.

»Komisch, oder?«, sage ich langsam, »erst haben die weißen Kolonialherren den Chinesen die Zöpfe abgeschnitten, und später hat Mao das Gleiche verlangt.«

»Es ist zu heiß«, sagt Ma. Sie ist fertig, sie will nicht weiterreden. Sie drückt sich aus dem Stuhl und bückt sich nach den leeren Gläsern. Ich fühle mich auf eine gute Art schwer. Ich blinzele ein wenig und sehe Ma in die Küche gehen, ich erkenne sie im Fenster. Sie nimmt die Kappe ab und wischt sich mit dem Handrücken den Schweiß von der Stirn. Wenig später steht sie an der Spüle und summt eine Melodie. Kleine Spülmittelbläschen rutschen Richtung Abfluss, *der Osten ist rot.* Sie schüttelt das restliche Wasser vom Teller und legt ihn auf die Ablage. Dann greift sie den nächsten. Mas Bewegungen waren schon immer entschlossen, vollkommen überzeugt. Wenn sie etwas tut, ist nirgendwo Spekulation, kein Zögern. *Er ist der große Erlöser der*

Menschen. Ich glaube, meine Bewegungen sind immer ein bisschen unsicher. Nicht gedankenlos, eher zu gedankenvoll. Ich gehe fast immer davon aus, dass es anders kommt als geplant. Ma sagt oft, es würde mir guttun, auch mal mit den Händen zu arbeiten, nicht nur mit dem Kopf. Mit den Fingern auf einer Tastatur tippen zählt nicht.

»Kannst du mir kurz helfen?« Ma ruft nach draußen, ich stehe auf und gehe in die Küche. Es ist eine dieser Fragen, die eigentlich eine Aufforderung sind. Sie schüttelt ihre Haare nach hinten, ein paar Strähnen fallen ihr immer wieder ins Gesicht.

»Warte.« Ich ziehe mein Haargummi vom Handgelenk, ich trage es aus Gewohnheit, stelle mich hinter sie und binde ihre Haare zu einem Zopf.

»Guck mal, jetzt ist es andersherum.«

»Was meinst du?«

»Früher habe ich dir Zöpfe gemacht. Das war so niedlich. Schade, jetzt sind deine Haare zu kurz. Da kann man nichts mit machen.«

»Jaja.«

»Männer mögen auch lieber Frauen mit langen Haaren.«

Ma schaut auf das Geschirr, und ich schaue auf ihren Rücken. Plötzlich will ich ihr nicht weiter zuhören. Ich würde sie gern fragen, warum sie mir so selbstsicher erklärt, was Männer mögen, obwohl mir mit Sicherheit schon viel mehr Männer durch die Haare gestrichen haben als ihr, und dass Männern die Haare von Frauen sowieso oft sehr egal sind, solange sie von ihnen in den Arm genommen werden wie von einer Mutter und sie trotzdem mit ihnen schlafen können wie mit einer flüchtigen Bekanntschaft, und – warum das überhaupt wichtig sei, warum sie mich und meine Haare nicht einfach in Ruhe lässt. Am liebsten würde ich fragen, warum sie nicht sagen kann, dass ich schön aussehe mit meiner neuen Frisur, aber ich kriege kein Wort heraus, seufze, drehe mich um und gehe.

Bevor Ma und ich uns streiten, verlässt immer eine von uns den Raum. So können wir uns einreden, fast nie gestritten zu haben. Ich habe das Gefühl, dass es früher häufiger Ma war, die gegangen ist. Jetzt gehe meistens ich, nicht nur aus dem Zimmer, sondern zum Bahnhof oder in meine eigene Wohnung. Wir lassen Zeit vergehen, und irgendwann treffen wir uns wieder und sprechen über etwas anderes.

Ich ziehe die Küchentür hinter mir zu und gehe nach oben in mein altes Kinderzimmer. Mittlerweile steht hier ein Schlafsofa, und ein großer ovaler Spiegel hängt gegenüber der Tür mit den vielen Holzaugen. Ich frage mich, wie viele böse Geister er schon nach draußen reflektiert hat, und ob sie einfach im Flur stehen geblieben sind.

Der Raum ist ein kleines Museum der vergangenen siebenundzwanzig Jahre. Eigentlich sogar länger, aber alles aus der Zeit vor meiner Geburt liegt in Kartons und alten Fotoalben. An der Wand gegenüber vom Sofa hat Ma Familienfotos aufgehängt. Auf einem bin ich etwa vier Jahre alt, ich trage ein weißes T-Shirt und darüber ein blaues Trägerkleid mit weißen Blumen. Ich schaue an der Kamera vorbei und lache mit offenem Mund, sodass meine Milchzähne zu sehen sind. Mein Pony ist etwas schief, und Ma hat mir zwei Affenschaukeln gebunden. Auf einem anderen Bild stehen alle Frauen der chinesischen Familie nebeneinander. A'bu ist die kleinste und die älteste, sie stand immer in der Mitte. Drum herum meine Tanten, meine Cousine, Ma und ich. Ich muss sechzehn Jahre alt sein, meine Haare sind lang und kräuseln sich von der Shanghaier Luftfeuchtigkeit. Bei den anderen kräuselt sich nichts. Irgendwo zwischen dem kleinen Mädchen mit dem Blumenkleid und diesem Bild bin ich, ohne es zu merken, zu meiner eigenen Feindin geworden.

Ich setze mich auf das Sofa. Auf der Rückenlehne liegt mein alter Plüschelefant. Er war nicht mein liebstes Kuscheltier, deswegen ist er noch so gut erhalten. Über meinen Teddy aus dünnem Stoff sagt Ma, ich hätte ihn totgeliebt, und seitdem habe ich Angst, ich könnte auch andere Menschen so sehr lieben, dass sie sich irgendwann auflösen. Ich bin siebenundzwanzig Jahre alt und sitze in meinem Kinderzimmer, halte ein Plüschtier in den Händen und bin verletzt, weil meine Mutter mich nicht schön findet.

Die Sache mit meinem Körper war nie leicht, und ich kenne eigentlich keine Frau, der es anders geht. Das Erste, was mich störte, waren meine Haare. Als ich vierzehn war, ließ ich mir mithilfe Unmengen stark riechender Chemikalien in einem Friseursalon unweit von Ayis Wohnung die Haare glätten, für die nächsten drei Monate sahen sie jeden Tag aus, als hätte sie jemand gebügelt. Ein anderes Mal kaufte ich für Fasching blondes Haarspray. Es machte aus meinen Haaren einen lächerlichen Helm aus Stroh, und ich hatte keine Wahl, als ihn in der Schule zu tragen. An diesem Abend hing ich minutenlang über der Badewanne, um die Farbe aus den steifen Strähnen herauszuwaschen, ich stellte das Wasser viel zu heiß und verbrannte mir die Kopfhaut. Vielleicht war das der Moment, in dem ich begann, mit meinen Haaren einen vorsichtigen Frieden zu schließen. Nicht, weil ich sie plötzlich mochte, wie sie waren, sondern weil sich der Aufwand nicht lohnte, sie zu verändern.

Es waren nicht nur die Haare auf meinem Kopf. Einmal sagte ein Mitschüler zu mir, ich hätte einen Damenbart. Als ich nach Hause kam, schloss ich mich eine Stunde lang im Badezimmer ein und starrte den Spiegel an. Einen Bart konnte ich nicht entdecken, also ging ich näher heran, meine Nase berührte beinahe die glatte Oberfläche, ich musste schielen, um den Bereich über meiner Oberlippe erkennen zu können. Tatsächlich wuchsen da ein paar schwarze Haare über den Mundwinkeln. Es waren nicht viele, ich konnte sie zählen, aber sie waren da. Wie viele Haare sind ein Bart? Wäre das nicht vollkommen egal gewesen, wenn mir blonde Haare neben den Mundwinkeln gewachsen wären, weil niemand sie hätte sehen können? Ich dachte darüber nach, sie abzurasieren, aber Ma warnte mich regelmäßig, dass für jedes rasierte Haar zwei neue nachwachsen würden, und ich wollte auf keinen Fall meinen Damenbart verdichten. An meinen Beinen und in den Achselhöhlen nahm ich den Effekt mittlerweile in Kauf, da durfte Ma nicht mehr mitreden. Ich habe damals entschieden, dass sie mir Ratschläge zu Dingen geben darf, von denen sie offenkundig selbst etwas versteht. Körperbehaarung gehörte nicht so sehr dazu. Mas Körper war immer weich und glatt. Nur manchmal sah ich sie auf einem Klappstuhl in der Sonne sitzen und sich mit der Pinzette ein paar wenige Haare aus den Waden zupfen.

Ich finde Mas Körper bemerkenswert, er ist stark und zart gleichzeitig. Früher stand ich oft neben ihr im Bad und guckte dabei zu, wie sie sehr wenig Aufwand betrieb, um noch schöner zu sein. Sie hat mir immer geraten, das Gesicht ausschließlich mit kaltem Leitungswasser zu waschen, sie zeigte mir, dass ein einziger Lippenstift ausreicht, um sich nicht nur einen roten Mund zu tupfen, sondern auch gerötete Wangen, und dass der Lippenstift durch das Tupfen außerdem länger hält als ein Jahr. Ma benutzt fast nie Parfum und schon gar keine parfümierten Pflegeprodukte. Dafür klatscht sie sich zweimal täglich mit den Handflächen ins Gesicht, um die Durchblutung anzuregen, und immer wenn es Morcheln gibt, zeigt sie mit den Essstäbchen auf die Schale und sagt zu mir, »Mädchen müssen Morcheln essen, das ist gut für Haut und Haare«.

Ich habe mir immer gewünscht, so auszusehen wie sie. Dabei war Ma auch nie ganz mit sich zufrieden.

Sie klagte über ein zu rundes Gesicht, zu kurze Beine und zu muskulöse Waden, deren Haut oberhalb der Fesseln einer Schlangenhaut gleicht. Ich habe diese Schlangenhaut geerbt. Ansonsten sieht man uns nur anhand unserer Bewegungen an, dass wir zueinandergehören. Je älter ich werde, desto häufiger sehe ich auf Fotos aus wie sie. Manchmal fällt es mir nicht einmal auf, bis Ma den Blick hebt und sagt: »Oh, ich dachte erst, das wäre ich.«

Es ist eine subtile Ähnlichkeit, keine, die sich in unsere Gesichter eingeschrieben hat. Vielleicht ist es die Art, wie wir gehen, oder wie wir den Kopf zur Seite neigen, wenn wir jemandem zuhören. Ich weiß es nicht, aber ich finde das schön. Mir wird warm davon, und zwar auf eine andere Art, als wenn Ma früher sagte, »Du siehst überhaupt nicht aus wie ich«, und ihre Enttäuschung darüber nicht verbergen konnte.

Ich ziehe ein altes Notizbuch aus dem untersten Regalfach. Ich weiß, von wann es ist, ich muss zwölf oder dreizehn gewesen sein. Das war diese Zeit, während der ich alles übertreiben musste, weil ich alles übertrieben gefühlt habe. Damals malte ich mir hellblauen Lidschatten auf die Augen, bröseligen Eyeliner darunter, und in mein Tagebuch malte ich traurige Engel hinein. Jetzt lache ich darüber – traurige Engel, die blutige Tränen weinen –, aber damals war es ziemlich intensiv und sehr ernst gemeint. In dieser Zeit wollte ich Tanja König heißen und blond sein, wie die Kommissarin aus *Großstadtrevier*. Ich habe mir sogar einen eigenen Polizeiausweis gebastelt, aus einem kleinen Stück Pappe, das ich mit Buntstiften beschriftete. Tanja König war eine schöne Frau, fand ich, und ungefähr so erzählte es auch das deutsche Fernsehen. Sie war schlank, blond und weiß, und sie hatte sehr gerade Zähne. Wahrscheinlich war sie ein Baby mit blonden Locken, eines von den Kindern, die Ma immer als Engelchen bezeichnet. Mit meinem Ausweis konnte ich so tun, als wäre ich eine Tanja König, obwohl ich niemals aussehen würde wie eine.

Als Kind habe ich mich manchmal gefragt, ob es einen Ort gibt, an dem alle aussehen wie ich. Ich habe fast sehnsüchtig darauf gehofft, dass er existiert. Jetzt frage ich mich, ob es überhaupt jemals eine Balance geben kann zwischen dem Wunsch, dazuzugehören, und dem Wunsch, einzigartig zu sein. Ich klappe das Notizbuch zu und schiebe es zurück ins Regal. Ich habe mich damit arrangiert, mein Außen zu einer Art Ratespiel zu machen. *Griechenland, Hawaii, Türkei, Kasachstan, Korea, Japan, Vietnam* – die Ratenden senken ihre Stimme nach jedem Versuch ab, sie zögern nur selten, sie sprechen auf einen Punkt hin. Ich mag es, wenn sie falschliegen. Ich fühle mich ihnen dann überlegen. Ich habe etwas, das sie nicht einfach so entschlüsseln können. Ich könnte sogar lügen – ich habe schon oft gelogen –, und sie haben keine andere Wahl, als mir zu glauben, weil mein Gesicht zu uneindeutig für sie ist.

Mit dem Elefanten im Arm starre ich die Zimmerdecke an.

»Du hast deine Schönheit abgeschnitten.«

Ich weiß bis heute nicht, was passieren muss, damit ich mich schön finde. Und warum der Satz, »Du bist schön«, aus dem Mund eines anderen Menschen bedeutender zu sein scheint, als wenn man ihn zu sich selbst sagt. Aus dem Mund eines anderen Menschen und aus dem Mund von Ma.

Ich schlafe ein.

Qin Qin rennt über das Maisfeld. Sie läuft, so schnell sie kann. Die linke Schuhsohle hat sich vor ein paar Tagen von der Naht gelöst, bei jedem Schritt macht sie dieses lustige Geräusch, *flip-flap-flip-flap*. Eigentlich ist Qin Qin kein Kind, das viel tobt. Sie ist zurückhaltend, wie es sich für ein Mädchen gehört. Morgens, wenn ihre Mutter vor dem Spiegel sitzt und sich die Haare mit einer Schnur streng über den Kopf zieht, bringt Qin Qin ihr leise eine kleine Schale mit eingeweichten Holzspänen. Sie sieht dabei zu, wie ihre Mutter sich die klebrige Tinktur umsichtig im ganzen Haar verteilt, noch einmal die gespannte Schnur vom Haaransatz bis über den Hinterkopf zieht und dann die Längen zu einem ordentlichen Dutt bindet. Schön findet Qin Qin ihre Mutter, schön und hart.

Jetzt rennt sie, so schnell, dass es wehtut in ihrer Brust, aber das Stechen ist ihr egal. Dass sie überhaupt rennen kann, ist ein glücklicher Zufall, für den sie noch keine Worte hat, aber die Dankbarkeit darüber füllt ihren gesamten kleinen Körper aus. Qin Qins Mutter hat entschieden, dass sie ihrer Tochter keine Bandagen um die Füße legen und ihr damit Zehen und Mittelfußknochen brechen wird, wie es ihre eigene Mutter noch bei ihr getan hat. »Es könnte sich noch als wichtig herausstellen, dass du schnell laufen kannst«, sagte sie vor ein paar Wochen. Qin Qin fand, dass sie dabei traurig aussah, aber die Sache war beschlossen. Ohnehin ist das Füßebinden bereits seit fünfzehn Jahren verboten, aber Gesetze sind Gesetze und selbst der längste Arm reicht nicht überallhin.

Die Nachbarstochter ist nur wenige Jahre älter als Qin Qin, sie ist das schönste Mädchen im Dorf. Qin Qin hat ihre Füße bislang immer nur in den winzigen hübsch bestickten Stoffschuhen gesehen und sie bestaunt: Lotusfüße, wie bei einer echten Prinzessin. Lotusfüße, in der kleinen Hütte direkt nebenan. Lotusfüße, die ihre Besitzerin außergewöhnlich machen, zu einer Hauptfigur statt einer Statistin, schöner als alle anderen. Qin Qin war neidisch auf die feinen Füße in den bunten Schuhen, bis heute Morgen.

In ihrer Vorstellung hatte die Nachbarstochter die Füße eines Kleinkindes, zart und rosig, mit Zehen, die aussehen wie ihre, nur noch viel kleiner. In ihrer Vorstellung würde die Nachbarstochter zu einer schönen Frau heranwachsen, ähnlich schön wie Qin Qins Mutter, vielleicht ein bisschen weicher. Das Beste an diesen Vorstellungen ist, dass Qin Qin die alleinige Bestimmerin sein konnte. Sie musste niemanden um Erlaubnis fragen, und niemand würde sie korrigieren und sagen, dass falsch sei, was sie sich vorstellte. In Qin Qins Wahrheit gab es keinen Platz für Schmerzen, es gab nur die feinen, winzigen Füße. Sie stellte sich nie vor, wie das Mädchen schrie und weinte, während die eigene Mutter ihr die Knochen brach. Sie verschwendete keinen Gedanken daran, wie sie sich mit zertrümmerten Füßen zum Klo schleppte. In ihrer Vorstellung saß die Nachbarstochter mit ihren Lotusfüßen auf dem hölzernen Bettverschlag wie auf einem Thron und war vollkommen. Bis heute Morgen.

Heute Morgen gewann die Neugier, und Qin Qin klopfte etwas früher als sonst an den Türrahmen nebenan. Da kniete Frau Yi gerade im sanften Licht der Dämmerung vor ihrer Tochter auf dem Boden und rollte die Stoffbandagen ab.

»Zhang Youqin, du bist früh dran«, murmelte sie und tupfte sich mit dem Unterarm ein paar Schweißperlen von der Stirn.

Qin Qin sagte nichts, sie suchte den Blick des Mädchens und fand zwei müde schwarze Augen.

»Komm rein, kleine Schwester, setz dich zu mir«, sagte die Nachbarstochter, und Qin Qin kletterte im Halbdunkel auf das Bett.

Die Prinzessin neben ihr atmete schwer. Qin Qin schaute nach unten auf eine Wahrheit, über die sie nicht mehr bestimmen durfte: Da wuschen zwei wettergegerbte Hände winzige Füße, verkümmert, verstümmelt, verbogen. Nur die großen Zehen waren noch zu erkennen, alles andere war zu einem Klumpen zusammengedrückt. Nichts sah aus wie eine Lotusblüte. Nichts Zartes, nur Härte. Qin Qin suchte erneut den Blick der Prinzessin und sah diesmal in nasse Augen. Da war nur noch ein Mädchen, das sich Mühe gab, einem anderen Mädchen zu zeigen, dass alles gut wird. Selbst dann, wenn man nicht mehr bestimmen darf.

Bis zu diesem Morgen war Qin Qin neidisch und neugierig, doch plötzlich war alles durcheinander. Sie stürzte sich vom Bett zurück auf den Boden, stolperte über die dicke Schwelle der Eingangstür, sie vergaß, sich höflich von Frau Yi zu verabschieden, sie vergaß sogar sich selbst. Qin Qin rannte los, rannte über die kleine Brücke, über den Kanal, immer weiter, sie rannte bis auf das Maisfeld.

In ihrer Lunge ist so viel Luft, es fühlt sich an, als müsste sie jeden Moment platzen. Ihre Füße sind groß, die Naht an der linken Schuhsohle ist kaputt, *flip-flap-flip-flap*, unter ihren Armen färben Schweißflecken das Baumwollhemd schwarz, ihr Gesicht ist nicht rund genug, ihre Haut ist zu dunkel von den vielen Stunden auf dem Feld, sie weiß nicht, wie man stickt und näht, sie weiß nur, wie man eine Sichel hält und klebriges Gel aus Sägespänen macht, aber sie kann rennen und sie rennt, so schnell sie kann.

Ich wache auf.

namen

Im Bürgeramt ist sehr wenig los. »In Berlin wäre das bestimmt unmöglich«, sagt Ma zu mir, ich nicke und ziehe eine Nummer.

Wir gehen den Flur entlang, vorbei an Palmen in großen Kübeln voller Trockensubstratkügelchen, im Wartebereich lehnen wir uns mit den Rücken an die Wand an, wir wollen uns nicht hinsetzen. Ein paar Menschen rutschen auf den äußersten Kanten metallener Stühle hin und her, als wollten sie eine Blasenentzündung vermeiden. Sie starren auf die Bildschirme mit den Wartenummern und auf eine große Flügeltür aus Glas, auf der ein »Einfahrt verboten«-Schild in einer Klarsichthülle klebt. Ma und ich starren auch. Wir sitzen und stehen und starren, unser Atem ist flach, als wären wir unsere eigenen Angehörigen im Flur eines Unfallkrankenhauses, dabei müssen wir bloß Mas Reisepass erneuern. Es riecht aussichtslos, wie wenn Teenager versuchen, ihren Körpergeruch mit Deo zu übersprühen. Ich kann den Geruch fast sehen, er sickert aus dem Kork der Pinnwände und durch die Schaukästen mit den veralteten Aushängen, wahrscheinlich setzt er sich in unseren Kleidungsstücken fest. Ich kann Ma ansehen, dass sie sich ekelt.

»Das versteht doch niemand«, sagt sie leise und deutet auf einen der Bildschirme, auf denen nach und nach verschiedene Nummern aufleuchten.

Kombinationen aus Buchstaben und Zahlen, auf einige folgt ein Bindestrich und eine weitere Zahl, ohne erkennbare Logik, unmöglich abzuleiten, wie viele Personen vor uns dran sind. *22648* steht auf unserem Zettel.

»Geht so«, sagt Ma, als sie noch mal darauf schaut.

»Immerhin eine Acht«, sage ich und lächele sie an, »vielleicht heben sich die Acht und die Vier gegenseitig auf, dann wird es ganz okay.«

Es gibt gute und schlechte Zahlen. Ich weiß das, seit Ma und ich vor Jahren zum ersten Mal eine SIM-Karte für mich organisiert haben, damit ich in Shanghai auf dem Handy erreichbar sein würde. Es war eine der ersten Erledigungen nach unserer Ankunft: Bargeld wechseln, dann der Zwischenstopp im nächstbesten Family Mart, wo wir Rote-Bohnen-Eis am Stiel in der Kühltruhe suchten, als es nur das grüne Erbseneis gab, ließ Ma die Packung nach kurzer Überlegung zurückplumpsen und sagte: »Das wollen wir nicht, das ist nicht mein Liebling.« Also gingen wir wieder nach draußen, dabei ertönte der Jingle, dessen Melodie sich sechs Wochen lang in mein Ohr setzte. In der schwülen Hitze hockten Menschen auf ihren Schemeln auf dem Gehweg und lasen Zeitung, bunte Handtücher trockneten in der Sonne, und ich freute mich über die blau-weiß-roten Reklamesäulen der Friseurgeschäfte, die sich wie riesige Bonbons um sich selbst drehten. Ein paar Schritte weiter, in einem der Elektrogeschäfte in der Straße vor Ayis Wohnblock, gingen Ma und ich dann nach einer guten Telefonnummer suchen. Der rauchende, telefonierende Verkäufer schob uns einen Zettel mit einer Tabelle über die Glastheke. Ma und ich beugten uns darüber, und ich fuhr mit meinem Zeigefinger die Spalten entlang, auf der Suche nach der Nummer, die ausreichend Glück verhieß. Ich versuchte, Vieren zu vermeiden. Die Vier ist sehr schlecht, vier klingt auf Chinesisch wie der Tod oder wie das Verb für sterben.

»Du brauchst eine Fünf, die ist gut, oder eine Acht«, sagte Ma, »Acht ist gut für Glück und Geld.«

»Dann nehme ich die hier«, ich zeigte auf eine Nummer ohne Vieren, mit mehreren Achten und einer Fünf.

Ma nickte, fragte den Verkäufer nach dem Preis, er betrachtete die Nummer und murmelte einen Betrag. An diesem Tag lernte ich auch, dass eine gute Nummer teurer ist als eine schlechte. Als wir den Laden mit lauter guten Zahlen verließen, gingen Ma und ich etwas aufrechter. Ich fühlte mich angekommen, als könnte man mir ansehen, dass ich um die Bedeutung der Zahlen wusste, und dass nun die richtigen in meinem Handy steckten.

22648. Die Nummer auf dem Amt konnten wir uns nicht aussuchen, deshalb bin ich noch froher über wenigstens eine Acht. Könnte schlimmer sein.

Es könnte auch sein, dass die Sache mit den Zahlen Quatsch ist, aber ich habe mich daran gewöhnt, ein bisschen an solche Dinge zu glauben. Es ist entlastend, irgendwie.

Auf dem großen Bildschirm über der Glastür herrscht Chaos, Zahlen blinken rot und verschwinden wieder. Neben mir schauen Wartende hektisch auf ihre Zettel. 2-2-6-4-8, da erscheint sie auf dem Screen. Raum 5, Platz C, sagt der Bildschirm.

»Raum 5, gutes Zeichen«, sage ich zu Ma. Wir gehen den Gang hinunter, ich gehe vor, drücke die Tür auf.

Raum 5 ist mit einem dunkelgrauen Teppich ausgelegt. Während draußen jeder Schritt und jedes Räuspern durch die Gänge hallen, verschluckt der Boden hier alle menschlichen Geräusche, nur das Klacken der Computertastaturen und das Stottern der Drucker bleiben übrig. Wer hier gehört werden will, muss laut und deutlich sprechen und absichtsvoll.

Direkt gegenüber der Tür, an Platz A, sitzen zwei ältere Herren, sie tragen Westen mit aufgenähten Taschen über karierten Hemden. Unter den Kragen und Manschetten schieben sich schwarze Haare hervor, als wollten sie beweisen, dass sie kräftig genug sind, um den Baumwollstoff an seinen gestärkten Rändern nach oben zu heben. Die Hände der Männer ballen sich immer wieder zu Fäusten. Die beiden schweigen und starren auf den Bildschirm des Sachbearbeiters. Er sieht sehr jung aus, in dem zu großen weißen Hemd wirkt er, als käme er gerade von seiner eigenen Konfirmation. Ich gehe zu Platz C, Ma geht neben mir, wir bleiben vor einer weißen Schreibtischinsel stehen, und ich lege unsere Nummer ab wie bei einer Tombola.

»Guten Tag.« Ich versuche, freundlich zu klingen. Ma sagt nichts.

»Tag.« Die Frau hinter dem Schreibtisch sieht uns nicht an. Sie greift nach unserer Nummer, ohne den Blick vom Bildschirm abzuwenden, und spießt den Zettel auf einen sehr langen Nagel neben einer Grünpflanze aus Plastik auf. Ich ziehe einen Stuhl für Ma zurück und setze mich auf den anderen. Ma zieht die Klarsichthülle mit ihren Unterlagen aus der Tasche.

»Was kann ich für Sie tun?«

Ich schaue Ma an, weil sie jetzt ins Gespräch einsteigen müsste.

»Ich brauche einen neuen Reisepass«, sagt sie.

Erst jetzt dreht sich die Frau zu uns, sie sieht mich an, dann Ma und dann wieder mich. Sie hat graue Augen, dünne blonde Haare und einen schmalen Mund. Sie sieht weder freundlich noch unfreundlich aus. Wahrscheinlich ist sie etwa so alt wie Ma. Unter ihrem geblümten Halstuch pinnt ein Namensschild, ich lege meinen Kopf schief, um ihren Namen lesen zu können. Frau Niemeyer.

»DannnnnbräuchteichmaldenaltenReisepassundeinbiometrischesLichtbildodereinanderesAusweisdokumentunddieGeburtsurkundebeiErstausstellungbitte.«

Ma runzelt kaum merklich die Stirn und schiebt ihren abgelaufenen Pass und ein Foto an dem Nagelspieß vorbei. Frau Niemeyer zieht beides auf ihre Seite, klappt den Pass auf und klemmt ihn unter die Tastatur.

»Also, das hier ist Ihr Vorname, ja?«

Sie deutet mit dem rechten Zeigefinger auf eine Stelle in Mas Pass, Ma runzelt die Stirn noch stärker, sie sieht mich fragend an. Ich kann nicht genau erkennen, ob Frau Niemeyer wirklich die richtige Zeile getroffen hat. Ich lege beide Hände in den Schoß, niemals würde ich sie auf der Schreibtischplatte ablegen, es sei denn, Frau Niemeyer würde mich dazu auffordern.

»Ja«, sage ich und buchstabiere sicherheitshalber. Dabei beuge ich meinen Oberkörper in ihre Richtung und gebe mir Mühe, laut und deutlich zu sprechen.

Frau Niemeyers Zeigefinger kreist über der Tastatur und senkt sich langsam über den Buchstaben ab. *Klack. Klack. Klack – Leerzeichen –, klack, klack, klack, klackklack.*

»Oh, ne, das war eins zu viel.«

Klack, delete. Der hinterste Buchstabe verschwindet, hätte sie einen Augenblick länger auf die Taste gedrückt, hätte sie den ganzen Namen gelöscht.

»Was ist denn das für ein Name?«

»Chinesisch«, sagt Ma.

»Ah ja.«

Hinter dem Schreibtisch neigt sich Frau Niemeyers Kopf immer wieder zu Mas Pass, dann wieder zum Bildschirm. Es dauert. Einer der Männer mit den Westen erhebt sich aus seinem Stuhl, er stützt beide Hände auf den Schreibtisch, seine Kunstlederslipper pressen sich mit jeder Sekunde tiefer in den grauen Teppich, vielleicht in der Absicht, Abdrücke zu hinterlassen, ich bin hier, ich war hier, der Boden ist mein Zeuge. »Ich verstehe das nicht«, sagt der Mann, er betont das *nicht,* seine Stimme ist für einen Moment lauter als alle Maschinen, ich habe Mas Stimme im linken Ohr, die diesen Satz genau gleich betonen würde, und im rechten Ohr mein Schweigen, weil ich mir niemals die Blöße geben würde, zuzugeben, etwas nicht zu verstehen. Eine von uns muss immer Bescheid wissen.

»Ist hier mal wieder was los«, murmelt Frau Niemeyer, ohne dem Mann viel Aufmerksamkeit zu schenken, ihre schmalen Lippen bewegen sich nur minimal auseinander, die Wörter fahren aus ihrem Mund wie Papier aus einem Laserdrucker.

Frau Niemeyer schiebt mir ein Gerät hin, das Mas Fingerabdruck nehmen soll. Ich schiebe es zu Ma, als gäbe es keinen direkten Weg zwischen den beiden Frauen, Ma legt ihren Zeigefinger auf den Sensor wie an der Passkontrolle am Flughafen in Pudong. *Die ganze Welt ist gleich*, hat mir mein Cousin vor ein paar Tagen geschrieben, wir hatten uns über die steigenden Wohnungspreise in Shanghai und Berlin unterhalten, und zumindest in diesem Moment an Frau Niemeyers Schreibtisch finde ich, dass er recht hat. Der kleine Scanner verschwindet. An seiner Stelle erscheint ein Kartenlesegerät. »NeunundfünfzigEuromachtdasdann.«

»Geht auch bar bezahlen?«, fragt Ma und hält ihr Portemonnaie bereit.

Zum ersten Mal sieht Frau Niemeyer sie direkt an.

»Nein, das steht doch draußen an der Tür, nur EC-Karte.«

»Oh.«

Sie schiebt ihre Karte in das Lesegerät und tippt sehr langsam die PIN. Frau Niemeyer platziert Mas neues Foto auf dem dafür vorgesehenen Kästchen des Antrags und schlägt viermal mit der Faust darauf, es ist überraschend laut, beim ersten Mal zucke ich etwas zusammen, vier Schläge auf Mas Gesicht. Ma setzt ihre Unterschrift darunter.

»Können Sie dann in etwa fünf Wochen abholen. Sie bekommen eine Benachrichtigung.«

»So lange dauert das?«, sagt Ma.

Frau Niemeyer zieht eine Augenbraue nach oben.

»Vielen Dank, Frau Niemeyer«, sage ich.

Sie starrt mich an, als hätte sie zum ersten Mal ihren eigenen Namen gehört. Ich stehe auf und drehe mich um, Ma folgt mir. Wir laufen über den dunkelgrauen Teppich, der fast alles schluckt – hereingetragene Kieselsteine, aus Slippern gedrückte Wut, die Sorge, dass jemand deinen Namen falsch in den Reisepass druckt. »Da kann ich leider nichts machen«, sagt der Konfirmand, als wir an Platz A vorbeigehen. Er sagt das mehrmals, er sagt es auf, als wäre es ein Gebet.

Die Luft bewegt sich nicht, sie reicht nicht aus, sie fühlt sich dicht an und hart, sodass ich mich mühsam durch sie hindurchschieben muss. Auf dem Gang werden unsere Schritte wieder laut, ich gehe schneller, über den langen Flur, ohne jemandem in die Augen zu sehen, drücke die schwere Tür nach draußen auf und atme ein. Die Luft ist nass, es regnet diesen Sprühregen, vor dem man sich nicht verstecken kann, weil er aus allen Richtungen fällt.

»Frische Luft.« Ma steht neben mir und atmet tief ein.

»Ämter sind schrecklich«, sage ich, und sie nickt. Ma steht wieder aufrechter, ihr Gesicht sieht entspannt aus. Hier draußen kennt sie alles, jede Straße, jede Abkürzung, jedes Haus, jedes Geschäft, das neu eröffnet wurde oder zuletzt schließen musste. Wir machen uns auf den Heimweg.

»Sie hat so lange gebraucht, deinen Namen zu schreiben«, sage ich, als wir über den großen Platz vor dem neuen Einkaufszentrum gehen.

»Ja, das war klar«, lacht Ma, und ich frage mich, ob ihr das wirklich so egal ist, wie sie immer tut. Über uns hängt der Halbmond am Himmel, obwohl es noch lange nicht dunkel ist.

Ma und ihre Schwestern wurden von A'bu nach dem Mond benannt. Alle drei tragen ihn im Namen, und seit ich das verstanden habe, sehe ich keinen Mond mehr, ohne auch sie zu sehen. Ich frage mich, ob es ihnen selbst auch so geht. Als Ma zur Dolmetscherin ausgebildet wurde, gaben die meisten ihrer Kolleginnen sich andere Namen. Sie wählten westliche Vornamen aus den Lehrbüchern. »Das ist einfacher für die Ausländer«, sagten ihre Ausbilderinnen. Lisa, Marie, Peggy. Ma wollte keinen anderen Namen als ihren eigenen, und als sie nach Deutschland kam, wurde er zum Hindernis. Alle taten sich schwer, ihn sich zu merken oder auch nur korrekt auszusprechen. Ma nahm sogar den Mond aus ihrem Namen, um es den deutschen Zungen leichter zu machen. Sie machte aus zwei Silben eine, und irgendwann gab sie es auf, die Leute zu verbessern, sie gewöhnte sich an die vielen neuen Varianten. Obwohl sie mit der Hochzeit den Familiennamen wechselte, schrieb sie ihren Mädchennamen weiterhin auf Visitenkarten. Und sie schrieb sein Schriftzeichen in meinen Vornamen hinein.

»Weißt du, was komisch ist?« Wir gehen nebeneinander und gucken auf den Boden, um nicht in Pfützen zu treten.

»Nein, was?«

»Ich dachte richtig lange, A'bus Name wäre ›A'bu‹.«

»Haha. Wirklich?« Ma sieht mich verwundert an.

Ich habe A'bu immer A'bu genannt, deswegen war ich sicher, es müsste ihr Name sein. Dabei ist es Shanghai-Dialekt für *waipo*, Großmutter mütterlicherseits. A'bus richtigen Namen kannte kaum jemand. Selbst ihre Kinder müssen kurz nachdenken, bis er ihnen einfällt.

»Wie hieß sie noch mal richtig?«

»Ehm. Zhang Youqin.«

»Zhang Youqin. Wie schreibt man das?«

»Warum?«

»Keine Ahnung. Ich würde das gerne wissen.«

Ma lächelt. Ich halte ihr meine linke Hand hin, damit sie die Zeichen hineinmalen kann. Sie fährt mit ihrem Zeigefinger über meine Handfläche, das erste Zeichen geht sehr schnell, vor dem zweiten hält sie kurz inne.

»You, you, welches you ... ah, ich glaube, dieses.«

Ma schreibt weiter, es kitzelt, 张幼琴, ich zähle vierundzwanzig Striche. A'bus Name, Mas Finger, meine Hand.

Dieser Name wurde so selten ausgesprochen, trotzdem erinnern sich alle an A'bu. An ihre schlurfenden Spazierrunden durch Ayis Wohnzimmer. An den leise in der Brust klappernden Atem. An die natürliche Wasserwelle ihrer kräftigen Haare, die nie ganz weiß wurden, sondern nur von einzelnen hellgrauen Strähnen durchzogen waren. An den milchig-glänzenden Film auf ihren Augen, die immer aussahen, als wären sie mit Tränen gefüllt. An ihr gelbliches Gebiss und die vielen zarten Falten, die aus allen Richtungen auf ihre Lippen zuliefen. An ihren Mund, an das Lachen, das langsam vom Bauch in ihn hineinkroch, sich darin aufbaute und irgendwann zu groß für ihn wurde. Die Erinnerung an A'bu liegt woanders als in ihrem Namen. Zhang Youqin hat ihren Namen kaum gebraucht, sie konnte ihn nicht einmal schreiben.

Ich kann A'bu nicht als Person außerhalb der Familie erzählen. Sie sind 大阿姨, 小舅舅, 大哥, 小妹 – älteste Tante, jüngster Onkel, großer Bruder, kleine Schwester, wir gehören zueinander, wir beschreiben uns in Verhältnissen. Für alle in meiner Generation bin ich eine kleine Schwester, für die Jüngeren die kleine Tante. Braucht man da einen Namen?

Ich frage Ma, ob sie schon immer wusste, wie ich heißen soll und warum sie mir diesen Namen gegeben hat, ausgerechnet.

»Es war eher spontan. Man kann keinen Namen für etwas finden, das man noch nie gesehen hat. Ich hatte einen Namen für dich, bevor du geboren warst, aber erst als ich dich angesehen habe, wusste ich, wie du wirklich heißen musst.«

»Und warum genau diesen?«

»Es sollte ein chinesischer Name sein. Und trotzdem einfach, damit die Leute hier das aussprechen können.«

Das schließt sich eigentlich aus. Nicht wegen der Aussprache, sondern wegen der Bedeutung. Mein Name soll chinesisch sein, und es den Leuten trotzdem leicht machen. Während wir um Pfützen herumtänzeln, denke ich, dass ich möglicherweise genau deshalb so bin, wie ich bin. Eine, die versucht, irgendwie chinesisch zu sein und dabei trotzdem leicht verdaulich, obwohl beides zusammen eher aussichtslos ist.

Mein Name funktioniert, wie Ma es beabsichtigt hat. Die Leute konnten ihn immer gut aussprechen, sie erkennen sofort, dass es ein »anderer« Name ist, wenn sie die Puzzleteile in meinem Gesicht hinzufügen, kommen sie noch näher, aber nie ganz, meistens bleibe ich für sie uneindeutig. Ich bekomme Mails, in denen mein Vorname für meinen Nachnamen gehalten wird, und welche, in denen mich die Absender mit »Herr« anreden. In der zweiten Klasse beschriftete Frau Wagner unsere Hausaufgabenhefte, sie schrieb *Marie,*

Katharina, Ronja, Philipp, Gustav, alles richtig, nur auf meinem Heft vertauschte sie Buchstaben, statt eines »i« schrieb sie ein »ü«. Ronja sagte, ich sähe ja auch aus wie eine Türkin, und Türkinnen haben viele Üs in ihren Namen. Ich wusste nicht, ob das stimmte, ich kannte keine Türkin, aber die anderen Kinder fanden das lustig, also tat ich, als würde ich es auch lustig finden. Als ich Ma das Heft zeigte, seufzte sie, und es tat mir leid. Es war ein voller Seufzer, einer, in den kaum noch ein Ton hineinpasste, weil er schon so viel anderes zu tragen hatte.

Früher habe ich mir einen selbstverständlichen Namen gewünscht, so einen, der normal ist und einfach in Ruhe gelassen wird. Einer, der bei NanuNana als Kühlschrankmagnet oder Schlüsselanhänger oder Postkarte verkauft wird. Mein Name stand nirgendwo, jedenfalls nicht einzeln und für sich, also habe ich irgendwann angefangen, ihn in anderen Wörtern zu suchen. Ich lief an Mas Hand durch die Welt und rief: »Guck mal, wenn man da den letzten Buchstaben weglässt, steht da mein Name!« Und seit ich gelernt habe, Schriftzeichen zu lesen, haben sich die Verbindungen zwischen meinem Namen und der Welt vertausendfacht.

Während die meisten Leute um Mas Namen schüchterne Bögen schlugen, weil dessen Aussprache sie überforderte, fanden sie meinen Namen außergewöhnlich spannend. Im Kindergarten sollte ich ihn in Schriftzeichen auf eine Tafel schreiben. Eine Woche lang übte ich auf Papier, und als der Tag endlich gekommen war, zog Ma mir morgens einen schräg geknöpften Anzug an, als stünde mir ein großer Auftritt bevor. Der Anzug war sehr schön, und ich war sehr aufgeregt. Etwas später stand ich vor meiner Kindergartengruppe, in meinem Anzug aus waldgrüner Seide und in roten Filzhausschuhen, und zog langsam und konzentriert zwölf Kreidestriche über die Tafel. Alle anderen saßen auf dem Boden in einem Halbkreis um mich herum. Als ich fertig war, klatschten sie Beifall, und ich war stolz, weil ich etwas Besonderes konnte. Außer mir sollte niemand einen Namen an die Tafel schreiben.

Die Leute wollen oft wissen, was mein Name bedeutet. Sie denken, das wäre eine einfache Frage. Aber wenn ich ihnen sage, was die Schriftzeichen bedeuten, schauen sie mich an, als wüssten sie ein Geheimnis über mich. Ich habe meinen Namen oft freigeschält, ähnlich kunstlos, wie ich einen Apfel schäle und dabei alle paar Zentimeter mit dem Messer neu ansetzen muss. (Ma hingegen schält geduldig und routiniert in einem einzigen Zug um den Apfel herum, und lässt dabei eine Spirale entstehen.) Manchmal fragen sie mich, ob ich auch ihnen einen chinesischen Namen geben könnte. Sie, das sind meistens Frauen: die alte Nachbarin, die Mutter von Johanna aus der Parallelklasse, die Kollegin in dem Schuhgeschäft, wo ich als Aushilfe gearbeitet habe. Und oft kann ich nicht Nein sagen. Also sage ich: »Ja, aber das ist nicht leicht.« Die Verantwortung ist groß. Wir geben Menschen und Tieren und sogar Dingen Namen, wenn wir sie lieben, und als Zeichen der Verachtung nehmen wir Namen nicht mehr in den Mund. Ich will das nicht einfach so verschenken, aber das sage ich meistens nicht. Ich stelle mir vor, wie Johannas Mutter später am Abend an ihrem Esstisch Platz nimmt, vor ihr eine große Schale Salat und ein tiefer silberner Topf. Sie erzählt ihrem Mann von ihrem neuen Namen, den sie zusammen mit dem Mädchen aus Johannas Parallelklasse ausgesucht hat, die mit der chinesischen Mutter. Sie dreht Spaghetti in einem Löffel auf ihre Gabel, ganz ordentlich, und berichtet, dass es gar nicht so einfach sei, einen chinesischen Namen auszusuchen, es sei eine Balance zwischen der Phonetik des existierenden Namens und der Abbildung des eigenen Charakters. Im Hintergrund steht ein Bücherregal voller Weltliteratur vor einer Sichtbetonwand. Sie hätten lange überlegt, welche Eigenschaften sie besonders gut beschreiben würden, sagt Johannas Mutter weiter. Dann hebt sie die Gabel zum Mund, hält kurz inne und schaut ihren Mann mit dosierter Ernsthaftigkeit an: »Weißer Lotus hat sich dann irgendwie richtig angefühlt«, sagt sie. Und dann sagt er, »Wow«, und sie essen weiter Spaghetti.

Vor ein paar Jahren habe ich Ma gebeten, mir noch einmal einen Namen zu geben. Mein Name hatte nur zwei Silben, und das klang falsch, unvollständig, als ob etwas aufgefüllt werden müsste. In meiner Familie haben alle drei Zeichen. »Und ich fände es viel schöner, wenn es eine Mitte zwischen Anfang und Ende geben kann«, versuchte ich, mich Ma zu erklären. Sie sah mich an, als hätte ich ihr ein Geschenk gemacht, und ging eine Runde spazieren. Als sie zurückkam, blätterte sie in ihrem dicken roten Wörterbuch herum, fünf Minuten später schrieb sie ein Zeichen auf einen Zettel. Ich konnte es nicht lesen.

»Yàn«, sagte Ma.

»Yàn«, wiederholte ich. »Es sieht schön aus. Was heißt das?«

»Es ist schwer zu übersetzen.«

Sie hielt mir das Wörterbuch hin, darin stand *intelligenter und tugendhafter Mensch.*

»Es klingt gut«, sagte Ma, und ich schwieg, weil ich mir Sorgen machte, dass es nicht nur gut, sondern auch eingebildet klingt.

Sobald ich meinen Namen in eine Sprache übersetzen soll, in der die meisten Namen anspruchslos vor sich hin existieren dürfen, werde ich verlegen. Chinesische Eltern legen oft alle möglichen Hoffnungen und Wünsche in die Namen ihrer Kinder hinein, manchmal werden daraus Forderungen.

Wir sind fast zu Hause. Ma und ich gehen an dem kleinen Juweliergeschäft vorbei, bleiben wie immer kurz stehen und betrachten die Schmuckstücke im Schaufenster, wir sagen uns gegenseitig, was uns gefällt, einfach so, gekauft haben wir hier noch nie etwas. Anschließend passieren wir die Bäckerei mit den guten Sonnenblumenkernbrötchen und die Zahnarztpraxis, in die ich als Kind gegangen bin. Ma redet vom Mittagessen. »Ich kann die Tomaten schneiden«, sage ich.

Ich habe alle Striche meines Namens seziert wie eine Chirurgin. Einen König habe ich gefunden, 王, Mas Familiennamen, den sie in mich hineingeschrieben hat. Und zwei Bäume, 林, schon fast ein Wald, wenn sie sich an den König anlehnen, werden sie *Jade, schöne Jade*, so steht es im Wörterbuch. Ich suche nicht mehr in anderen Wörtern nach meinen Buchstaben, sondern in anderen Schriftzeichen nach mir. Vielleicht bin ich besessen. Auf einmal ist alles miteinander verbunden: Mein Name ist Jade, in Mas Garten wächst eine Magnolie, die Magnolie ist die Wappenblume von Shanghai, auf Chinesisch heißt sie 玉兰花, 玉 ist auch Jade, ausgerechnet. Jeden Juni, wenn Ma die letzten Magnolienblüten aus dem Gras gesammelt hat, will sie den Baum fällen. Jeden Juni protestiere ich, und die Magnolie bleibt stehen.

»Man findet überall Zeichen, wenn man danach sucht«, sagt Ma immer, und ich wehre mich dagegen, ihr recht zu geben.

Ich musste üben, meinen eigenen Namen zu schreiben und bin oft gescheitert. Und ich scheitere noch immer daran, ihn ohne Verlegenheit zu tragen. Ich habe ein zweites Mal schreiben gelernt, ich bin eine erwachsene Frau mit der Handschrift eines kleinen Kindes, ich drücke immer noch zu fest auf.

In jeder freien Minute zeichne ich mit meinem rechten Zeigefinger in meine linke Handfläche. Meine Hand verkrampft sich ständig, dauernd muss ich innehalten und neu ansetzen, ich übe weiter, ich übe, selbstverständlicher zu sein. 王, der Familienname meiner Mutter, 彦, der intelligente und tugendhafte Mensch, 琳, die schöne Jade. 王彦琳. Ich schreibe vor dem Fernseher und vor dem Schlafengehen, ich schreibe mit unsichtbarer Tinte, bis die Strichfolge gelingt und ich nicht mehr nachdenken muss.

zugehörigkeit

Der schlimmste Streit, den Ma und ich jemals hatten, passierte an einem Samstag vor zwei Jahren. Er passierte. So, wie man auch sagt, dass ein Unglück passiert, so, wie auch ein Unglück nie ganz vorhersehbar ist. Und doch ist die Wahrscheinlichkeit sehr groß, im Laufe des eigenen Lebens Zeugin oder Betroffene eines Unglücks zu werden. Unser Streit war ein großes Unglück.

Zwischen uns fielen nur wenige Worte, aber die fluteten mehrere Zimmer wie eine Schlammlawine. Es begann in Mas Garten, die Worte verließen ihren Mund, brachen durch die geöffnete Terrassentür herein, überrollten mich im Wohnzimmer, ganz plötzlich und doch unheimlich langsam, und schließlich füllten sie das gesamte Erdgeschoss aus.

»Das ist, weil du keine echte Chinesin bist. Familie ist dir egal!«

Ma hatte diese zwei Sätze gesagt wie ein trotziges Kind, und als sie mich erreichten, fehlte mir jede Möglichkeit zur Selbstverteidigung. Ich war unbewaffnet und ausgeliefert. Alles, was ich mein Leben lang versucht hatte, richtig zu machen, wurde in diesem kurzen Moment wertlos. Oder: Alles, was ich je falsch gemacht hatte, wog plötzlich viel schwerer als jede meiner Bemühungen, das Richtige zu tun.

Ich dachte daran, wie A'bu und meine Tanten mir Geld zusteckten. Wie sie mich an der Hand nahmen und ins Schlafzimmer zogen, wie sie die Tür hinter uns schlossen, fast verschwörerisch, in einem Haushalt, in dem fast immer alle Türen offen stehen. Ich war gleichzeitig aufgeregt vor Freude und vor Scham, etwas von den bescheidensten und sparsamsten Menschen annehmen zu müssen, die ich kannte. Aber den Kampf um diese Geschenke konnte ich immer nur verlieren. Das Geld abzulehnen, war unmöglich. Selbst, nachdem ich all ihre Kniffe und Codes verstanden hatte und heimlich versuchte, die Scheine vor dem Verlassen der Wohnung in eine ihrer Handtaschen zu schieben, waren sie mir immer mindestens einen Schritt voraus. Irgendwann spielte ich das Spiel der höflichen Bescheidenheit nur noch halbherzig mit. Ich freute mich einfach über das Geld. Manchmal erzählte ich Ma nicht einmal davon. Sie betonte ständig vor mir, was unsere Verwandten alles für uns und mich taten. Dass es viel sei, eigentlich empörend viel, zu viel. Es waren die einzigen Momente, in denen sie versuchte, eine echte chinesische Mutter zu sein. Also eine, die ihr Kind Demut lehrt, Dankbarkeit und Respekt. Eine, die sagt, »Vergiss nicht, dass du auch von einem Ort kommst, an dem du nicht geboren bist«, und, »Vergiss nicht, dass wir an diesem Ort Schulden haben«, ohne es jemals wirklich auszusprechen.

Vielleicht ging unser Streit auch schon sehr viel früher los, Jahre zuvor und leise, als ich entschied, zum ersten Mal mit meinen Freundinnen in den Urlaub zu fahren. Wir buchten Billigflugtickets, und zwei Wochen später aßen wir in der milden Atlantikluft Fisch und tranken Dosenbier. Es war der erste Advent, in Deutschland war es kalt und dunkel. Ich spürte, dass Ma eifersüchtig war, nicht wegen des Urlaubs, sondern weil sie auch meine Freundin sein wollte. Freundinnen teilen andere Dinge miteinander als Mütter und Töchter.

Mit ihren besten Freundinnen teilte Ma früher Dinge, die sie nicht einmal ihren Schwestern anvertraut hätte. Die Frauen schlenderten gemeinsam die Huaihai Road entlang, vorbei an den hellgrauen Platanen, und schwärmten von der teuren Jeans, die ein ausländischer Verehrer mitgebracht hatte, oder lästerten über die Kameradin, die nichts anderes als die Schriften des Großen Vorsitzenden las. Sie wussten voneinander, dass sie woandershin wollten, in ein anderes Land und ein anderes Leben. Sie müssen umwerfend ausgesehen haben: gut gekleidet, gut gelaunt und begeistert von den schönen kleinen Dingen, die sie sich von ihrem ersten spärlichen Gehalt kaufen konnten.

Oder der Streit begann mit den kleinen Ausreden, die ich erfand, um nicht mit den chinesischen Verwandten telefonieren zu müssen. Bis heute muss ich mich jedes Mal zusammenreißen. Ich weiß schon auf Deutsch manchmal nicht, was ich am Telefon sagen soll, und auf Chinesisch fällt mir der Small Talk noch schwerer. Meistens versuche ich, so viele Fragen zu stellen, dass ich nicht in die Verlegenheit komme, selbst Antworten geben zu müssen: Bist du gesund? Habt ihr schon gegessen? Wann kommt ihr uns besuchen?

Vor ein paar Monaten fragte mein Cousin, ob ich einen Freund habe, und ich tat so, als wäre die Verbindung schlecht. Ich denke oft, dass mein Leben zu weit entfernt ist von dem, was sie sich vorstellen können. Eine Frau, die allein wohnt. Eine Frau, die wenig vom Heiraten hält. Eine, die manchmal nachts um drei nach Hause kommt. Die sich in fast dreißig Lebensjahren noch nicht gewünscht hat, ein Kind zu bekommen. Das alles kann ich nicht am Telefon besprechen, obwohl diese Themen in unseren Gesprächen gestreift werden, als wären sie das Beiläufigste und Einfachste der Welt.

Vielleicht begann unser Streit auch, als ich auf dem Klo saß und einen Tampon wechseln wollte, Ma die Tür aufriss und versuchte, mir das Handy in die Hand zu drücken. Auf dem Display sah ich Da Ayi und ihren Mann in die Kamera winken. Ich protestierte laut und versuchte, die Tür von innen zuzudrücken, Ma klopfte von außen dagegen: »Nur kurz, sie gehen gleich schlafen.«

Sie wusste nicht, dass das Badezimmer lange der einzige Ort war, an den ich flüchten konnte, wenn mir die große Familie zu eng wurde. Ich habe das immer so gemacht, in China und in Deutschland, wenn mir alles zu laut und so viel wurde, dass ich meine eigenen Gedanken nicht mehr hören konnte. Den Schlüssel umzudrehen, beruhigte mich. In Ayis dunklem Badezimmer nahm ich das raue grüne Klopapier aus der metallenen Halterung an der Wand und fühlte es kurz in den Händen. Ich wusch mir mit einem nassen Handtuch das Gesicht, das Wasser trommelte in der Plastikschale, die im Waschbecken lag, um nichts zu verschwenden. In Omas hellem Badezimmer setzte ich mich auf die Toilette, egal, ob ich musste oder nicht, und las den Satz, der auf dem Trockner gegenüber auf einem Aufkleber stand: *Das Flusensieb nach jedem Trocknungsvorgang reinigen.* Ich las ihn mehrmals hintereinander, wusch mir dann die Hände mit einem fast aufgebrauchten Stück Seife, schloss die Tür auf und mischte mich wieder unter die Familie.

Es waren immer nur wenige Minuten. Trotzdem addieren sich diese Auszeiten zu Stunden. Die Zeit, die wir miteinander haben, ist irgendwann aufgebraucht und ich werde mich viele Male um Telefonate vor Handykameras, um höfliche Chats und herzliche Grüße um die halbe Welt gedrückt haben. Genau wie um manche Abschiede.

Als Ma schrie, »Das ist, weil du keine richtige Chinesin bist. Familie ist dir egal!«, hielt ich mich für den schlechtesten Menschen der Welt. Mein Gesicht wurde nass und begann zu glühen, mein Körper fühlte sich an, als gehörte er nicht mehr mir. Ich wollte schreien – »Was?! Ist das dein Ernst?« –, aber ich rang zwischen den Silben so sehr um Atem, dass ich nur ein entsetztes Stammeln hervorbrachte. Ma blieb still, sie sah mich nicht an. Sie guckte einfach geradeaus in ihren Garten.

Ich konnte ihr nicht sagen, dass diese zwei Sätze das Schlimmste waren, was sie mir vorwerfen konnte. Dass ich mich in diesem Moment fühlte, als hätte ich versagt, ganz egal, was ich zuvor geschafft hatte und worauf ich stolz war. Dass ich mich jahrelang bemüht hatte, nach allen Regeln zu spielen, mich zu verbeugen, wenn ich mich verbeugen sollte, zu essen, was andere glücklich machte, zu sagen, was sie gern hörten, und zu verschweigen, was ihnen wehtun konnte. Dass ich eigentlich nie eine richtige Chinesin sein wollte, weil Ma es in meinen Augen auch nie war. Sie war immer viel mehr als das.

Als ich so zitternd im Wohnzimmer stand, musste ich an die Monate denken, die ich zum ersten Mal ohne Ma in Shanghai verbracht hatte. Damals hörte ich auf zu bluten. Fast ein Jahr später erklärte mir die Frauenärztin, dass das normal sei. Wenn der Körper sich an neue Lebensumstände, an neues Essen, neue Tagesabläufe gewöhnen muss, dann könne so was passieren.

»In einer fremden Umgebung kann der Zyklus gestört werden, und dann schützt er sich vor einer möglichen Schwangerschaft unter unberechenbaren Bedingungen«, sagte sie.

Sie war eine tolle Ärztin mit einer tiefen, warmen Stimme und einem persischen Vornamen. Ich hörte ihr aufmerksam zu, ich nickte und hoffte, dass bald wieder alles okay sein würde mit meinem Zyklus und meinem Blut.

Nach unserem Streit im Wohnzimmer ergab das plötzlich alles Sinn. Ich war keine richtige Chinesin, und ich würde niemals eine sein, mein Körper hatte mich schon damals verraten, ich hatte nur nicht auf ihn hören wollen. Noch niemals zuvor wurde mir so direkt attestiert, ein Fremdkörper zu sein. Einer, der sich nicht einfach einfügen kann in eine andere Umgebung, obwohl sein eigener Mund nie müde wird, sie ein zweites Zuhause zu nennen. Offensichtlich ist es möglich, an einem Ort gleichzeitig zu Hause und fremd zu sein. Offensichtlich war ich fremd genug, dass mein Blut nicht mehr wusste, in welche Richtung es fließen soll. Also ist es acht Monate lang einfach stehen geblieben.

Dieser Streit war der einzige, nach dem Ma zu mir kam und sich entschuldigte. Wahrscheinlich wusste sie, dass dieses Mal etwas anders war, weil ich nicht nur weinte, sondern schrie. Als ich mich wieder bewegen konnte, schob ich mich durch die Demütigung hindurch in mein altes Kinderzimmer und rollte mich auf dem Schlafsofa zusammen. Ich weiß nicht, wie viel Zeit verging, vielleicht ein paar Minuten oder eine Stunde. Es hatte schon zu dämmern begonnen, ich hatte kein Licht angeschaltet. Irgendwann stand Ma im Türrahmen und murmelte: »Es tut mir leid, was ich gesagt habe.« Sie sah mich immer noch nicht an. Sie hat sich davor und danach nie wieder für etwas bei mir entschuldigt, und ich fand es zu keinem anderen Zeitpunkt notwendig. In diesem Moment hat es uns gerettet, gerade noch so.

reisen

Ich mag Bahnhöfe und Flughäfen. Ich mag es, in Ruhe anzukommen, zu schlendern, Proviant zu kaufen. Ich mag das Warten am Gleis oder am Gate, und ich mag es, dabei zuzusehen, wie andere auch warten oder winken, wie sie auf unbequemen Sitzreihen mit angezogenen Beinen schlafen, wie sie überteuerten Kaffee aus Pappbechern trinken oder in alle möglichen Richtungen hetzen. Ich mag Unterwegssein.

Ich hebe meinen Rucksack in die Gepäckablage und setze mich ans Fenster. Der Platz neben mir ist frei, es wird keine Reservierung angezeigt. Ich war wie immer viel zu früh dran. Langsam füllt sich das Abteil mit ein paar Menschen, sie verstauen ihre kleinen Rollkoffer und klappen die Tische aus, um sich für die nächsten Stunden einzurichten. Ein ordentlicher Mann hängt seinen ordentlichen Mantel an den Kleiderhaken und streift ihn glatt. Seinen Hut lässt er auf. In der Vierersitzgruppe schräg gegenüber nimmt eine junge Frau Platz, die sich ihr Baby mit einem bunten Tragetuch umgebunden hat. Das Baby schläft, die Frau sieht müde aus. Ich frage mich, wie ich für sie aussehe. Der

Zug setzt sich in Bewegung und fährt eine vorsichtige Kurve aus dem Bahnhof heraus. Ich schließe die Augen, weil die Sonne so blendet. Es ist perfekt.

Ich habe nur wenig gepackt, ich werde vielleicht zwei Tage unterwegs sein, aber trotzdem fiel mir das Packen schwer, das Entscheiden. Ma hat mir früh beigebracht, einen Koffer zu packen, begrenzten Platz möglichst effizient auszunutzen. Die grundsätzliche Regel lautet: Alles hat seinen Platz – im Leben, in der Wohnung, im Koffer. Ritter-Sport-Mini schoben wir immer in die Sandalen. Die Urea-Fußcreme passte genau in die Turnschuhe. Die T-Shirts mit Aufdruck, vielleicht ein Oldtimer oder ein englischer Spruch für meine Cousins, haben wir zusammengerollt. Ein Paar weiche Lederslipper für Ayis geschwollene Füße konnte man ineinanderschieben. Apfelmus für A'bu, selbst gemacht, nicht zu süß, am besten ans untere Ende des Koffers. Jahre später packen wir keine Schokolade mehr. Dafür Vitamin-C-Brausetabletten und die gute Kamille-Handcreme aus der Drogerie. Es gibt nicht mehr viel, was man nicht auch in Shanghai kaufen könnte. Trotzdem hat noch alles seinen Platz.

Ich habe länger überlegt, ob ich Ma erzählen soll, dass ich wegfahre. Irgendwie fiel es mir schwer, das Wohin und Warum zu erklären, deswegen habe ich nichts gesagt. Ich scrolle durch unseren Nachrichtenverlauf von gestern Nachmittag.

Habt ihr schon gegessen?

Natürlich nicht. Aber ich koche jetzt.

Was denn?

Na normal. Reis, Fleisch, Gemüse …

Normal lecker.

一般的. *Was machst du?*

Darauf keine Antwort von mir, aber auch keine Nachfrage mehr. Es ist eine Unterhaltung, über die wir nicht nachdenken müssen, die wir abspulen, wenn wir uns Zuneigung zeigen möchten, aber es nichts zu erzählen gibt. Oder, wenn wir anderes nicht erzählen wollen.

Ma macht sich immer Sorgen, wenn ich unterwegs bin. Egal, ob es eine längere oder eine kürzere Reise ist. Sie sagt oft, dass ich »immer« unterwegs sei. Fragt, warum ich »schon wieder« woandershin fahren würde. Dass ich doch »gerade erst« weg war. Sie sagt, ich sei eben wie mein Sternzeichen, ein Pferd, dass ich »ständig« über die Weide galoppiere. Dass ich »nie« an einem Ort bliebe.

»Willst du sagen, dass ich nie an einem Ort bleibe oder dass ich nicht bei dir bleibe?«, frage ich zurück, und sie sagt: »Genau, das Zweite.« Ich habe ein schlechtes Gewissen.

Ma beruhigt der Gedanke, dass mein Wesen vom Universum vorbestimmt ist. Mich beruhigt es nur ein wenig.

Ich weiß, dass sie Reisen anstrengend findet. Und seit ich dazu in der Lage bin, versuche ich, ihre Anstrengung abzufangen, indem ich ihr zeige, dass sie sich auf mich verlassen kann. Seit Jahren navigiere ich uns durch Flughäfen und Terminals, durch Bahnhöfe und zu Hotels, auch in Städten, in denen ich nie zuvor gewesen bin. Wenn wir gemeinsam reisen, trage ich die Verantwortung. Die meisten Transit-Orte sind gleich aufgebaut, ich muss nur die Symbole lesen, und ich habe angefangen, mir die Symbole einzuprägen, als ich etwa vier Jahre alt war. Immer, wenn ich Flüge mit Zwischenstopps buche, hoffe ich auf eine längere Umsteigezeit von vier oder fünf Stunden. Es stört mich nicht, im Gegenteil, ich verlängere die Reise mit Absicht. Ich fühle mich an diesen Orten zu Hause, obwohl sie oft so ungemütlich und weitläufig sind, voll von Konsumangeboten und gestressten Reisenden.

Ich glaube, Ma denkt mehr über das Wegfahren nach als ich, über das Verlassen und Verlassenwerden. Wenn man verreist, bleibt meistens jemand zurück. Für kurze Zeit ist das okay, für länger ist es schwer.

Meine erste Erinnerung an einen Bahnhof ist voller Vorfreude. Wir machten mit dem Kindergarten einen Ausflug zum Zoo Hannover, und ich hatte mir seit Tagen ausgemalt, wie Ma mir am Morgen meinen Rucksack mit Proviant packen würde. Am Vorabend konnte ich vor Aufregung nicht einschlafen, irgendwann zählte ich die Blümchen auf meinem Lieblingskleid, das Ma mir herausgelegt und über den Stuhl neben meinem Bett gehängt hatte. Zwölf Stunden später spazierten wir zusammen zum Bahnhof, auf dem Gleis wartete schon eine bunte Traube aus Kindern, Ma setzte mir zum Schutz vor der Sonne eine Kappe auf, und als ich in den Zug stieg, konnte ich an nichts anderes denken als an Pinguine und Elefanten und an all die Geschichten, die ich bei meiner Rückkehr am Abend zu erzählen haben würde.

Mas erste Erinnerung an einen Bahnhof ist voller tränenüberströmter Gesichter und flatternder Taschentücher. Sie war ein junges Mädchen am Südbahnhof von Shanghai, eingeklemmt zwischen unzähligen, zitternden Körpern, sie klammerte sich an der Jacke ihrer schluchzenden Mutter fest und schluchzte ebenfalls, als ihre Schwester und ihr Bruder in einen Zug steigen mussten, der sie mit Tausenden anderen Jungen und Mädchen in den Norden des Landes bringen sollte. Sie wusste, dass es auch sie hätte treffen können. Dass sie nur deshalb bleiben durfte, weil sie die jüngere der beiden Schwestern war. Ayi und Da Jiujiu fuhren zum Arbeiten auf die Felder, für die Partei, für den Großen Vorsitzenden und vor allem für die Gemeinschaft und die Entwicklung des Charakters, hatte es geheißen. Ayi war sechzehn und Da Jiujiu achtzehn Jahre alt, sie hatten keine andere Wahl, als zu gehen, und wann genau sie zurückkommen würden, wusste niemand. Am Ende waren es zehn Jahre. Alle zwei Jahre durften sie für ein paar Tage zu ihrer Familie zurückkehren, in den Monaten dazwischen schrieben sie Briefe, eine andere Kontaktmöglichkeit gab es nicht. Vierzehn Tage brauchte ein Brief aus der nördlichen Provinz bis nach Shanghai. Ab und zu kam die Post nicht an ihr Ziel, und in diesen Jahren ging noch viel mehr verloren als gute Wünsche und Erzählungen aus dem Alltag. Seit diesem Tag am Bahnhof war jede

Reise für Ma mit der Angst verbunden, dass es keine Rückkehr geben könnte.

Ma durfte damals bleiben, sie war nicht gezwungen, ihre Familie zu verlassen. Später ging sie trotzdem. Ihre Geschichte ist auch die Geschichte einer großen Reise. Was ich für zwei Tage gepackt habe, steht in keinem Verhältnis zu dem, was sie für ein neues Immer packen musste. Die deutschen Behörden nennen ihre große Reise Migration, und ihre Migration nennen sie meinen Hintergrund. Diese Reise gehört ihnen nicht. Sie gehört auch mir nicht. Niemand war dabei, als Ma entschied, ihren roten Koffer zu packen. Ob man das verstehen kann, wenn man nicht dabei gewesen ist, weiß ich nicht. Ob es möglich ist, davon zu erzählen, wenn man es nicht versteht?

Ich habe nie um Erlaubnis gefragt. Ich war ein neugieriges Kind ohne angemessenes Gefühl für die Privatsphäre meiner Mutter, bis heute wühle ich mich regelmäßig auf der Suche nach Schätzen durch ihren Kleiderschrank. Mit sechs Jahren entdeckte ich den roten Koffer. Ich legte mich flach auf den Dielenboden, schob meinen Kopf unter das Bettgestell und streckte die Arme aus. Ich drückte mich immer weiter durch den Staub, bis ich den Griff erreichte. Ich hielt ihn fest und robbte rückwärts unter dem Bett hervor. Der Koffer war schwer, ich musste möglichst leise sein, damit niemand mich hörte. Es war ein Abenteuer. In meiner Erinnerung ist der Koffer so groß, dass mein ganzer kleiner Körper darin Platz gefunden hätte. Ich blickte auf ihn hinab, und mein Herz klopfte so stark, dass ich fürchtete, es könnte mich verraten. In diesem Koffer hätte alles verwahrt sein können, und alles wäre für mich ein Schatz gewesen. Ich kniete mich auf den Boden und versuchte mich an den Verschlüssen. Ich klappte die beiden silbernen Schnallen nach oben, trotzdem ließ Mas Koffer sich nicht öffnen. Unterhalb des Griffs baumelte ein kleines Schloss. Ich wusste, dass ich nicht weiterkommen würde. Ich war enttäuscht, dass es Dinge gab, die ich nicht einfach so einsehen durfte. Ich wollte immer alles aufmachen.

Von Mas Migration habe ich Anekdoten, Gefühle und Gegenstände geerbt. Es würde sehr lange dauern, sie zu identifizieren, und ich befürchte, dass ich niemals alle davon finden werde. So viel Chaos und Geheimnis, denke ich manchmal. In meinem Leben gibt es keine Migration, keine vergleichbar große Reise – oder vielleicht gibt es sie doch, aber nur als eine Selbstverständlichkeit der dauernden Bewegung, der regelmäßigen Langstreckenflüge und Zugfahrten und der Gleichzeitigkeit der Orte. Das ist eigentlich ein Zustand, für den ich nichts entscheiden und keine großen Koffer packen muss. Alle denken, dass ich reise, weit weg, um die halbe Welt. Aber für mich ist da kein Übergang, keine andere Seite, kein Transit, weil die Orte immer überall sind.

Wenn meine Schulfreundinnen nach den Ferien fragten: »Und, wie war's?«, dann konnte ich sagen, »Der Tiger und ich, wir haben uns im Zoo sehr lange in die Augen geschaut. Beim Versteckspiel mit meiner

Cousine lag ich zwanzig Minuten neben den kühlen Wassermelonen unterm Bett, und niemand konnte mich finden. Mein Onkel hat mir gezeigt, wie man einen Drachen bastelt, und dann sind wir über die große, trockene Wiese im Park gerannt, eine Schnur in der Hand, und ließen ihn steigen. Seine Lederjacke roch so gut, dass ich am liebsten für immer meine Nase darin vergraben würde, und außerdem setzte er sich beim Essen immer neben mich, als wollte er auf mich aufpassen. Auf der Straße mit den Geschäften, in denen sie bunte Socken verkaufen, hat mir eine alte Frau eine singende Zikade in einem kleinen Käfig geschenkt. Ich habe mir beim Zuckerrohrkauen auf die Zunge gebissen. Ja, es war sehr schön.«

So hätte ich es erzählen können, als wäre ich wirklich ganz woanders gewesen. Ich war aber nie ganz woanders. Ich fürchte bloß, dass das niemand versteht. Ich verstehe es selbst kaum. Deswegen suche ich Bilder.

Früher habe ich gern die *Mini Playback Show* geguckt, wegen der Zauberkugel. Da nahmen sich Kinder ein paar Klamotten von einer Kleiderstange und winkten, das Publikum jubelte ihnen zu, und dann ging die Zauberkugel auf, Marijke Amado rief, »Tschüss«, die Kinder winkten noch mal übertrieben in die Kamera. Dann schloss sich die Kugel hinter ihnen, ein krisseliger Fleck Zauberstaub huschte über den Bildschirm, und plötzlich hatten die Kinder sich verwandelt. Sie waren immer noch sie selbst und trotzdem mehr, Mariah Carey zum Beispiel oder Prince. Das alles passierte innerhalb von Sekunden. Ich konnte nicht sehen, wie sie sich umzogen, wie sie geschminkt und verwandelt wurden. Zum Glück. Sonst wäre es ja kein Zauber gewesen. Aber die Kinder selbst, die mussten es wissen. Dass im Inneren der Zauberkugel gar kein Zauber geschah, sondern ganz normale Arbeit. Dass sie sich eben nicht durch etwas Außergewöhnliches verwandelten, sondern sich einfach aus- und wieder anzogen, im Grunde wie nach dem Sportunterricht oder vor dem Schlafengehen. Die Zauberkugel ist keine Zauberkugel, weil in ihr etwas Magisches passiert. Sie ist es, weil man die ganz alltäglichen Vorgänge von außen nicht sehen kann und auch nicht sehen will und deswegen nur Platz für Fantastisches bleibt.

Manchmal gehe ich durch eine Zauberkugel und komme an einem Ort wieder heraus, an dem ich nicht jemand anderes bin, sondern mehr von mir. Vielleicht alles. Weil auch dieser Ort alle Orte ist: Omas Wohnzimmer am zweiten Weihnachtsfeiertag, die überfüllte Garküche mit den besten Xiaolongbao Shanghais, die Aula meiner alten Schule kurz vor der Premiere unseres neuesten Theaterstücks, der Platz hinter Da Jiujiu auf seinem Motorrad, achtundfünfzig Fotos auf dem Fußboden meiner Einzimmerwohnung. Manchmal ist dieser Ort leise und manchmal laut, manchmal überlagern sich mehrere Orte in ihm, und ganz selten stehen sie zusammen in einer innigen Umarmung. Das sind die besten Momente. Wenn ich die Straße vor meiner Wohnung entlanggehe und plötzlich in einer Wolke stehe, die nach Shanghai riecht. Wenn ich in diesem Moment kein Heimweh habe, und auch kein

Fernweh, weil ich genau dort bin, wo ich sein will, kurz umhüllt von einem Duft, der alles ineinanderschiebt. Diese Momente lassen sich nicht herbeiführen, ich habe es versucht. Ich habe den gleichen Essig gekauft, den Ma und Ayi benutzen, ich habe den Deckel aufgedreht und daran gerochen, und doch war ich immer noch ausschließlich in meiner eigenen Küche. Und trotzdem ist auch das keine Magie. Es ist die ganz normale Gleichzeitigkeit eines Lebens, das immer mehr als ein Zentrum hatte.

Das Brummen des Handys holt mich aus meinen Gedanken. Eigentlich ruft Ma nie an, sie wartet immer, dass ich mich melde.

»Was gibt's, alles gut?«

»Ja klar, bist du zu Hause?«

»Ehm, ne. Ich bin in der Bahn.«

»Ah, hast du Termine.«

»Ja, genau. Kann ich dich am Sonntag in Ruhe anrufen?«

Ich versuche, die Wahrheit auszusparen, ohne zu lügen. Wir können das beide gut, Dinge zwischen den Zeilen versickern lassen. Dass die Verbindung im Zug so schlecht ist, macht die Sache etwas einfacher.

»Natürlich. Aber alles okay?«

»Ja. Mach dir keine Sorgen.«

Ich sage das mit einem breiten Lächeln, das Ma bestenfalls durchs Telefon hören kann.

»Ich geh noch mal in den Garten, da ist ein bisschen Sonne.«

»好的, mach das – bis ganz bald!«

Ma klingt immer glücklich, wenn sie von ihrem Garten spricht. Ich denke an den ersten Sommer, in dem wir zusammen auf der Terrasse saßen und Weinschorle tranken, wie seitdem jedes Jahr. Ma ließ ihren Blick durch den Garten streifen, über den dichten Bambusstrauch, die Rosen und den kleinen Apfelbaum. Ich deutete auf die Magnolie und sagte, »Die darfst du nie fällen, ja?«, und Ma sagte, »Aber sie blüht immer nur so kurz«.

Sie legte ihre Beine auf den Hocker, den sie erst ein paar Tage zuvor abgeschliffen und neu lackiert hatte, und nahm einen kleinen Schluck Schorle. Sie saß da wie eine Königin, aber nicht wie eine, die über Menschen herrschen und dabei schweren Schmuck aus Gold und Juwelen tragen muss. Eher wie eine, die zufrieden ist, sich um das Wohlergehen all dessen zu kümmern, was lebt.

»Du würdest nicht mehr zurückgehen, oder?«, fragte ich sie, und sie sagte: »Niemals«, ohne zu zögern. Ich musste ihr nicht erklären, dass ich keinen kurzen Besuch meinte, und sie musste nicht erklären, warum sie niemals zurückgehen würde. Seitdem bin ich erleichtert. Nicht, weil ich sie nicht gehen lassen will, sondern weil Ma einen Ort gefunden hat, an dem sie immer sein möchte. Einen schönen Ort, einen friedlichen. Er ist genau richtig für sie. Für mich ist er immer ein Ausflug.

geschichte

Früher besuchten wir jedes Jahr eine alte Freundin von Ma in Nordfriesland, sie war die einzige chinesische Freundin von Ma, die ich kannte. In den Oster- oder Herbstferien, manchmal auch im Sommer, stiegen wir in unseren ockerfarbenen Audi A80 und fuhren die Autobahn hinauf Richtung Norden, unterwegs erfanden wir Städtenamen oder Schimpfwörter aus den Buchstaben auf den Nummernschildern der vorbeifahrenden Autos. Im Elbtunnel hielt ich die Luft an, so lange ich konnte. Das war natürlich nicht besonders lange, ich behauptete aber, es den gesamten Tunnel zu schaffen, und atmete heimlich durch die Nase. Ma bewunderte meine übermenschliche Leistung, wenn ich am anderen Ende so tat, als würde ich endlich die Luft aus meiner Lunge strömen lassen.

Hinter dem Elbtunnel wurde das Land flacher, es roch nach Heu und Pferdemist, und sobald ich das Autofenster auf der Landstraße etwas runterkurbelte, zerzauste mir der Wind die Haare. Ich begann, Kühe zu zählen, und guckte viel häufiger als sonst in den Himmel, unser Audi fuhr über einen kleinen Bahnübergang, vorbei an einer unendlichen Reihe knubbeliger Bäume. Irgendwann bogen wir vom Asphalt ab auf Kies, holperten über kleine und große Löcher, parkten den Wagen neben einem Schuppen, und wenig später saßen Ma und ihre Freundin vor einem Reetdachhaus, schnackten im Shanghai-Dialekt über ihre deutschen Ehemänner und pulten Nordseekrabben. Es gab einen kleinen Bach, den ich auf einem schmalen Holzbrett überqueren konnte, hinter dem ein stoppeliges Feld begann. Es gab Pferde, die ich wunderschön fand. Und es gab Mia, die Tochter von Mas Freundin, die genauso alt war wie ich. Genau genommen, war sie ein paar Monate jünger, und sobald ich zählen konnte, war mir dieser Unterschied wichtig. Manchmal zogen unsere Mütter uns die gleichen Latzhosen an, als wären wir Zwillinge. Wir waren irgendwie gleich, aber trotzdem grundverschieden. Mia war meine ständige Konkurrentin. Sie war vom Land, ich war aus der Stadt. Sie rauchte mit zwölf heimlich am Fenster, ich traute mich bis zu meinem sechzehnten Lebensjahr nicht, an einer Zigarette zu ziehen. Sie erzählte mir von Jungs, die sie auf Dorfpartys küsste, ich wollte Polly Pocket spielen. Sie gewann Urkunden bei *Jugend musiziert*, ich hasste Wettbewerbe. Immer wenn sie etwas besser konnte als ich, fing es in mir an zu brodeln. Ich musste sofort eine meiner guten Eigenschaften oder Leistungen gegenüberstellen, um mich zu beruhigen. Ich weiß nicht, ob es ihr auch so ging. Am schlimmsten war es, wenn Ma sie lobte, es musste nicht mal ein richtiges Lob sein.

»Sie sieht viel chinesischer aus als du«, sagte Ma

beinahe beiläufig, und ich brauchte fünfzehn Jahre, um diesen Satz wieder abzustreifen. Er fühlte sich an wie eine Manifestation meiner Unzulänglichkeit. Als hätte ich gegen Mia verloren und könnte nichts dagegen unternehmen. Mia mit den schwärzeren Haaren und den Gesichtszügen, die denen ihrer Mutter so sehr glichen, während zu mir alle sagten, ich sähe aus wie mein Vater.

Trotzdem waren unsere Besuche im Reetdachhaus schön. Ich liebte die übergroße Standuhr im Wohnzimmer, die so laut tickte, dass ich sie sogar eine Etage höher noch hören konnte. Ich liebte die Plastikblumen, die in unzähligen Vasen über das ganze Haus verteilt standen, und ich liebte die skurrilen Wurzelmännchen, die an den Wänden und Deckenbalken befestigt waren. Ich liebte auch, die Tage mit Mia zu beginnen und zu beenden. Und am meisten liebte ich das Gefühl, dass wir zusammengehörten, sie und ich, ohne irgendwas dafür getan zu haben.

Seit heute Morgen habe ich Kopfschmerzen. Ich wickele mir meinen Schal enger um den Hals. Ich muss fast da sein. Auf dem kreisrunden Platz vor mir stehen ein paar Jugendliche und trinken aus Zwei-Liter-Softdrinkflaschen. Ich laufe die Große Freiheit nach oben, starre auf mein Handy, auf den kleinen blauen Punkt auf der Karte, der sich langsam seinem Ziel nähert. Irgendwie bin ich nervös, aber weiß nicht, ob das angemessen ist.

Rechts von mir liegt eine schmale Straße. Also, die

eine Straße. Sie sieht unspektakulär aus. Links ein eingezäuntes Fußballfeld, rechts eine Häuserfront, auf beiden Seiten parken Autos. Ein Mann im Kapuzenpullover kommt mir entgegen und schaut mich nicht an. Ich weiß nicht, was ich erwartet hatte. Ich dachte, ich hätte nichts erwartet. Ich habe an meinem Schreibtisch gesessen und mich von Artikel zu Artikel geklickt, und plötzlich landete ich beim Hamburger Chinesenviertel. Ich habe zwei Absätze gelesen, eine Weile einfach nur dagesessen und mir dann ein Zugticket gebucht.

Ich gehe an dem Fußballplatz vorbei, an das kleine Feld schließt ein schmaler Grünstreifen an, an dessen Ende eine Litfaßsäule steht. Daneben ein dünnes Schild auf metallenen Beinen. Es sieht aus wie eines dieser Schilder, mit denen auf den Träger einer Baustelle verwiesen wird. Ein Mann in Sepia schaut mich an. Seine Silhouette ist freigestellt, wie die Fotos von Prominenten in einer Illustrierten. Der Mann trägt polierte Schuhe, einen Anzug, ein weit geschnittenes Jackett, darunter eine Weste, ein weißes Hemd und Krawatte. Aus seiner Westentasche hängt eine Kette, die an der Knopfleiste befestigt ist, wahrscheinlich eine Taschenuhr. Die dicken Haare fallen ihm vom Mittelscheitel bis kurz über die Ohren. Er hat die Hände in die Hosentaschen gesteckt, sein Mund ist leicht geöffnet, er schaut, als hätte ihm gerade jemand von der anderen Straßenseite aus zugerufen: nicht überrascht, aber wie aus den Gedanken gerissen.

Das Schild erinnert an die chinesischen Einwanderer, die sich in den frühen 1920er-Jahren rund um diese Straße niedergelassen haben. Vor allem Seeleute waren das, steht auf der Tafel, vor allem Männer, die hierblieben und Wäschereien, Lokale und Geschäfte eröffneten.

Da ist wieder dieses Flimmern. Kurz bin ich sicher, dass es der Nieselregen sein muss, der für die kleinen tanzenden Flecken vor meinen Augen verantwortlich ist. Ich atme tief ein, trete einen Schritt zurück und strenge mich an, den Blick scharf zu stellen.

Am 13. Mai 1944 führte die Gestapo unter Leitung von Friedrich Hanisch die »Chinesenaktion« durch, bei der sie 129 chinesische Staatsangehörige festnahm. Anschließend wurden die Chinesen monatelang im Gestapogefängnis Fuhlsbüttel und im »Arbeitsumerziehungslager Wilhelmsburg« interniert und misshandelt. Mindestens 17 Chinesen starben an den Folgen des Terrors der Gestapo und der Zwangsarbeit. Das »Chinesenviertel« auf St. Pauli war damit gewaltsam aufgelöst worden.

Vor dem Wohngebäude Schmuckstraße 9 erinnert ein Stolperstein an den Restaurantbetreiber Woo Lie Kien, der infolge der schweren Misshandlungen durch die Gestapo im November 1944 starb.

Unter dem Bild des gut gekleideten Mannes steht *unbekannter Chinese*. Er sieht nicht aus, als wäre er hier ein Unbekannter gewesen. Eher, als hätten ihn in dieser Straße und diesem Viertel alle gekannt, vielleicht hat er gemeinsam mit vielen anderen an gut gedeckten Tischen gegessen und getrunken, vielleicht wurde er für sein Auftreten bewundert, vielleicht spielte er dem Nachbarskind im Vorbeigehen den davonrollenden Ball zurück, vielleicht hatten sich schon viele in ihn verliebt, und vielleicht vermisste er seine Eltern, wenn er nachts zu lange wach blieb und rauchte. Das sind viele Vielleichts, aber sie könnten sehr nah am Wahrscheinlich liegen.

Unbekannter Chinese. Ein dünnes Schild, ein paar Zeilen, sehr wenig, und trotzdem viel mehr als zuvor. Ich kannte weder diese Geschichte noch diesen Ort. Wenn ich mehr lernen will, muss ich suchen, und suchen ist immer anstrengend. Es gibt kein Silbertablett.

Ich schaue die Straße nach oben, das Flimmern will sich nicht verziehen, mir wird schwindelig. Ich gehe ein paar Schritte zu einer Bank, sie ist nass, aber ich muss mich setzen und den Kopf in den Nacken legen. In meinem Bauch liegt ein ziehender Schmerz. Ein paarmal atme ich tief ein und langsam wieder aus, es geht schon, ich kenne das doch, denke ich, es ist nicht so schlimm, es geht gleich wieder vorbei. Ich zähle die Atemzüge, mein Gesicht ist feucht vom Nieselregen, drei, vier, fünf, es wird langsam besser.

Ich richte mich auf und schaue an der Gedenktafel vorbei. Außer einer Gestalt in der Ferne, eine gebeugte Person, die einen Einkaufstrolley hinter sich herzieht, ist niemand zu sehen. Wäre die Geschichte anders verlaufen, könnte dieser Ort heute ein anderer sein. Es wäre voll und laut hier, ich würde an Grüppchen herumstehender Menschen vorbeigehen, die über den

Pfundpreis von frischem Spinat verhandeln. Hamburg, London, San Francisco, Toronto, New York und Lissabon würden in sinnvoller Reihe nebeneinanderstehen. Vielleicht würde ich regelmäßig hierherkommen, seit Jahren schon. Auf dem Weg zum Reetdachhaus hätten Ma und ich immer einen kurzen Zwischenstopp eingelegt, um den guten Essig und frisches Gemüse einzukaufen. »Aber geh nicht zu weit weg«, hätte Ma mir nachgerufen, dabei würde sie sich hier eigentlich niemals Sorgen machen, weil dieser Ort uns vertraut wäre, und ich wäre zwischen den Menschen abgetaucht, mein Kopf zwischen vielen Bäuchen in Steppjacken und fusseligen Wollpullovern, um den alten Mann mit den hübschen Spieluhren zu suchen, der in den warmen Monaten seinen Kanarienvogel mit auf den Markt bringt und den hübschen Käfig neben sich auf einen Hocker stellt. Er und ich hätten uns freudig begrüßt, ich hätte seinen feinen Anzug und den Hut bewundert, den er sich etwas schräg auf den Kopf setzt, er hätte versucht, mir die Spieluhr zu schenken, die ich aus Versehen ein paar Sekunden zu lange angestarrt habe. »Jetzt nimm sie schon«, hätte er gesagt, und ich hätte entgegnet, »Nein, die ist viel zu wertvoll«, dann hätte es eine Weile gedauert, aber schließlich hätte ich nachgegeben, weil ich die Uhr schon sehr gern haben wollte und weil ich mich daran erinnerte, dass man alte Männer nicht beleidigen soll. Er hätte sie mir zufrieden in die Hand gelegt, ich hätte mich mit rotem Kopf bedankt und sofort beschlossen, Ma nichts von diesem Geschenk zu erzählen, weil es

Dinge gibt, die unendlich viel schöner sind, wenn sie zwischen zwei Menschen bleiben.

Mein Blick wandert die unscheinbaren Fassaden entlang. Vielleicht würden hier leuchtende Schilder auf Supermärkte und Restaurants hinweisen, und Wäsche zum Trocknen vor den Fenstern baumeln.

In anderen Städten suche ich immer nach der Chinatown. Ich verlaufe mich mit Absicht und setze mich am Ende des Tages in ein Restaurant mit laminierten Speisekarten und kostenlosem Tee. In New York, in London, in Lissabon, in Toronto. Immer bestelle ich Jiaozi. Diese Orte sind kleine Städte für sich, mit eigenen Gerüchen und Farben, eigenem Rhythmus, eigener Sprache und eigenen Straßenschildern. Sie sind gar nicht wie die Stadt, die sie umgibt, und sie sind auch nicht wie Städte in China. Sie ähneln nur einander selbst.

Ich bin an diesen Orten Touristin. Ich mache Fotos mit meiner Kamera, mit dem Handy, oder mit meinen Augen, ein Wimpernschlag, *klick*. Ich bleibe an den unmöglichsten Stellen stehen, drehe meinen Kopf in alle Richtungen und schaue Graffiti an. Manchmal rempelt mich jemand im Vorbeigehen an, weil ich den Lauf der Dinge störe. Wenn Menschen einen Ort gut kennen, weil sie dort leben, manchmal seit Jahrzehnten, dann bewegen sie sich anders. Sie haben etwas vor, sie haben Dinge zu erledigen, sie gucken meistens geradeaus. Jede Aussicht ist Alltag. Die Älteren bleiben auf dem Gehweg stehen und grüßen einander, sie stützen sich an riesigen Kisten voller Kohlköpfe ab und reden über die Enkeltochter, die endlich geheiratet hat, und über die frischen Flusskrebse, die zwei Blöcke weiter zwar teurer sind, aber ihr Geld wert. Die Leute kennen einander mehr als flüchtig. Sie wissen, wann Familie Xu hierhergekommen ist und dass die Tochter von Frau Chau beim Übersetzen hilft, wenn es wieder Probleme mit den Vermietern gibt. Sie erinnern sich an die Zeit, als sie kaum mehr besaßen als eine alte Matratze und eine Lampe, und als die Ratten sich nachts an ihren spärlichen Vorräten zu schaffen machten. Manchmal lästern sie auf Chinesisch über die Touristen, und ich lächle, weil ich sie verstehen kann.

Mir ist immer noch kalt, ich stehe von der Bank auf und laufe die paar Meter zurück vor das Haus mit der Nummer 9. Hier gibt es nichts von all diesen Dingen, keine Restaurants, keine Gemüsekisten. Nur mich, als Touristin, aber niemanden, dem ich im Weg stehe. Meine Anwesenheit stört nicht, weil es nichts gibt, was sich unterbrechen ließe. Ist man überhaupt da, wenn niemand hinsieht?

Hier wohnte Woo Lie Kien, Jg. 1885, verhaftet Juni 1944, Gefängnis Fuhlsbüttel, von Gestapo misshandelt, tot 23.11.1944.

Ich zähle die Buchstaben und die Zeichen. Ich will den Satz schnell und flüssig lesen, ich lese einmal, zweimal. Nichts ändert sich. Ich warte auf ein Gefühl. Bedrücktheit oder Betroffenheit, aber es passiert nichts. Ändert es was, dass ich den Stein gesehen habe? Warum nehme ich an, dass das alles etwas mit mir zu tun hat, wem sollte ich davon erzählen und wie, wen würde das interessieren? Nur wenige Menschen lesen Fußnoten, und nur wenige Menschen betrachten Stolpersteine.

Woo Lie Kien – ich kann nicht einmal seinen Namen richtig aussprechen, ich kenne die Umschrift nicht, vielleicht ist es eine kantonesische Schreibweise. Eigentlich müsste ich das wissen. Es ist meine Aufgabe, das zu wissen, wie es schon im Kindergarten meine Aufgabe war, eine Antwort geben zu können auf alles, was mit China zu tun hat. Woo Lie Kien hat irgendwas mit China zu tun. Ich konnte meinen Namen in Schriftzeichen mit Kreide an die Tafel schreiben, obwohl ich nicht einmal die Sprache beherrschte. Ich konnte vorführen, wie man Essstäbchen benutzt, und alle anderen guckten dabei zu. Mittlerweile hat die Arena sich verändert, aber die Vorführungen sind noch beinahe die gleichen. Mir werden Bälle zugespielt, und ich passe zurück, ich mache selten den Aufschlag. Ich stelle richtig, was nicht stimmt, erzähle von Hunden, die nicht gegessen wurden, und von Menschen, die nicht gehirngewaschen sind. Ich erfülle meine Pflicht. Aber ich wurde noch nie nach Hamburg gefragt, nach diesem Ort oder nach Woo Lie Kien. Niemand hat mir davon erzählt, dabei wäre es fair, Pflichten zu teilen, wo es um geteilte Geschichte geht. Woo Lie Kien hat auch irgendwas mit Deutschland zu tun.

Der Regen wird stärker. Ich spanne meinen Schirm auf. Ich weiß nicht, was ich als Nächstes tun soll. Zurück zum Bahnhof könnte ich gehen und wieder nach Hause fahren, ich hätte dann nur deutlich länger im Zug gesessen als mich in Hamburg aufgehalten. Es gibt nicht viel mehr zu sehen: eine Straße, eine Gedenktafel, ein Stolperstein. Ich hätte mich besser vorbereiten sollen. Einfach wieder nach Hause zu fahren, würde sich wie eine Niederlage anfühlen, obwohl es nichts zu gewinnen gab. Ich beschließe, mir ein Café zu suchen, einen trockenen, warmen Ort, an dem ich mich kurz setzen und sortieren kann, und laufe los, vorbei an der Gedenktafel und der Litfaßsäule und halte Ausschau.

Die Kälte ist längst in meinen ganzen Körper gekrochen. Ich trete in eine Pfütze, in der sich bunte Buchstaben spiegeln. Ich schaue nach oben, *Hongkong* steht über einer unscheinbaren Holztür. Durch die verhängten Fenster ist nichts zu erkennen, an der Scheibe klebt nur der Hinweis, dass es sich um ein Raucherlokal handelt und der Zutritt erst ab achtzehn Jahren gestattet ist. Ich zögere. Das ist offensichtlich kein Café, und eigentlich ist es noch zu früh für eine Bar. Andererseits ist es keine Option, an genau diesem Laden mit genau diesem Namen vorbeizugehen. Ich denke an den Bademeister, der mich damals ins Becken geschubst hat, und an Ma, die sagte, ich bräuchte solche Schubser. Ich fühle mich wirklich wie auf einem Zehn-Meter-Turm. Je länger ich nachdenke, desto schlimmer wird es.

Es wird dunkel. Ich klappe meinen Schirm zusammen und drücke die schwarz lackierte Tür auf. Mich empfängt eine Wand aus kaltem Zigarettenrauch. Die

Bar ist klein, rechts vergrößert ein langer Wandspiegel den Raum, gegenüber der Tür steht ein Spielautomat. Am Tresen sitzt ein älterer Mann mit hervorstehendem Bauch, weißem Bart und Käppi. Er wirft mir einen kurzen Blick zu, sagt nichts und schaut wieder in sein Bier. Ansonsten ist niemand zu sehen. Der ganze Raum steckt voller Dinge. Überall kleben Sticker, an und hinter dem Tresen aus rotbraunem Holz hängen Schals vom FC St. Pauli und alte chinesische Geldscheine aus Republikzeiten, es sind die gleichen, die auch in Mas kleiner Schachtel mit der Mao-Anstecknadel liegen. Durch eine Tür hinter der Bar fällt gelbes Licht in den Raum, ich höre Gläser klappern und Popmusik, die aus Radiolautsprechern krächzt. Ich denke nicht, dass ich gut hier hinpasse. Fußball interessiert mich nicht, und verrauchte Kneipen waren nie mein Ding. Sie sind nur erträglich, wenn ich betrunken genug bin oder mir die Gesellschaft dort viel bedeutet.

Ich nehme meinen Rucksack ab und lehne den Schirm gegen einen Barhocker. Der andere Gast würdigt mich weiterhin keines Blickes, mir ist das lieb. Über dem Spielautomaten ist eine Art Schaukasten in die Wand eingezogen, aus der Entfernung erkenne ich die rot-goldene Figur einer Gottheit hinter der dreckigen Glasscheibe. Ich habe diesen Gott mit den wütenden Augen schon in mehreren Tempeln gesehen. Mir gefällt, dass er auch in einer Kneipe sitzen kann. Daneben gerahmte Fotos, viele sind vergilbt. Die kleineren sehen aus wie Gruppenfotos von Partygästen, auf dem größten sehe ich einen jungen Mann. Er hat kurze

Haare und ein zartes Gesicht, er trägt ein klassisches chinesisches Oberteil. Das Bild liegt hinter einem ovalen Passepartout.

»So, hallo.«

Eine Frau in fliederfarbener Strickjacke steht hinter der Bar. Ich war so in Gedanken, dass ich sie gar nicht bemerkt habe. Ihre Erscheinung überrascht mich, ich hatte einen mittelalten Mann in dunkler Kleidung erwartet oder eine coole Barkeeperin mit bunten Tattoos auf den Armen. Die Frau muss um die siebzig sein, eine lila Lesebrille baumelt an einer Kette vor ihrer Brust, ihre kinnlangen Haare schimmern silbern, und in ihren Augen schimmert auch irgendwas.

»Hi. Haben Sie Kaffee?«

»Joa, Filterkaffee halt.«

»Nehm ich.«

Sie dreht sich um und greift nach einer Tasse, dann nach einer gelben Thermoskanne. Mir ist vollkommen egal, was es zu trinken gibt. Ich hätte auch ein Bier genommen oder irgendetwas anderes. Ich will nur ein Getränk, um mich daran festzuhalten und um besser in diesen Ort hineinzupassen.

»Bitte. Zucker liegt dran.«

»Danke.«

Ich nehme sonst nie Zucker, aber werfe die beiden Würfel in meine Tasse und rühre um. Die Frau macht sich eine Cola auf. Wir trinken im Halbdunkeln. Ich habe kein Gefühl mehr für die Uhrzeit. Sie beginnt, Salzstangen in bunte Plastikbecher zu füllen, und mustert mich dabei.

»Woher bist du?«

»Aus Berlin.«

»Und was machst du hier?«

Ich könnte mir irgendwas ausdenken, aber entscheide mich für die Wahrheit.

»Weiß ich nicht so genau, ehrlich gesagt.«

Sie lacht. Ich fühle mich etwas wohler.

»Und du? Was machst du in Hamburg, also außer das hier?«

»Ach, ich bin fast immer hier, schon ewig.«

»Lene macht Schnaps«, murmelt der Mann dazwischen.

Lene hat sich wieder den Salzstangen zugewandt, ich mustere sie von der Seite. Irgendwas an ihrem Gesicht macht, dass ich alles über sie wissen will. Wann sie geboren ist und wo, wer ihr Vater war und wer ihre Mutter, wie ihr Leben verlaufen ist, was sie weiß über die Gedenktafel um die Ecke und die Geschichte von diesem Ort, ob Lene für Helene steht, und warum sie fast immer hier ist und Schnaps macht.

Sie stellt mir einen pinken Becher mit Salzstangen hin, ich bedanke mich und ziehe eine heraus.

»Wer ist das auf dem Foto?«, frage ich und weise mit einem Nicken in Richtung des großen Schwarz-Weiß-Portraits.

»Mein Vater«, sagt Lene und nimmt noch einen Schluck Cola.

In meiner Brust breitet sich etwas Warmes aus. Vielleicht ist es übergriffig, weiter zu fragen? Ich denke an den Zehn-Meter-Turm.

»Dem hat das hier gehört. Die Bar war ein Restaurant, in den Dreißigern. Bis die Nazis '44 die ganzen Chinesen hier rausgeholt und ins Lager gebracht haben.« Sie spült Gläser aus. Ich fühle den Turm schrumpfen, neun Meter.

»Ich hab die Gedenktafel gesehen.«

»Ja, wissen die wenigsten, dass es das alles mal gab.«

Ich nehme einen Schluck Kaffee. »Und wieso ist dein Vater nach Hamburg gekommen?«

»Wegen der Hungersnot in China. Er kannte schon jemanden hier, also hat er sich auf den Weg gemacht, von Kanton.«

Acht Meter.

»Meine Mutter ist aus Shanghai«, sage ich, ohne nachzudenken. Jetzt steht der Satz im Raum und fühlt sich schief an. Keine Ahnung, warum das eine Information sein sollte, die irgendwie von Interesse ist. Ich weiß nicht, wie der Hinweis auf meine Mutter auch nur ansatzweise neben der Geschichte eines Mannes aus China stehen sollte, der vor fast achtzig Jahren in Hamburg von Nazis verhaftet und misshandelt wurde. Ich weiß auch nicht, warum ich mich einer Frau so dringend nah und verbunden fühlen will, die ein ganz anderes Leben führt als ich. A'bu, Ma, ich, Lene, ihr Vater. Diese Leben gehören offensichtlich nicht zusammen, und trotzdem sind sie jetzt alle hier.

»Ah!« Lene legt das Geschirrhandtuch beiseite, kommt ein paar Schritte auf mich zu, setzt ihre Brille auf und studiert mein Gesicht. Ich schaue ihr kurz in die Augen, dann weiche ich ihrem Blick aus und starre in meinen Kaffee. »Hab ich mir irgendwie schon gedacht«, sagt sie nach sehr langen Sekunden.

»Echt? Sieht man das?«

»Na ja, ich seh das.«

Fünf Meter. Ich muss lächeln. Ich wurde schon viel angeguckt, bisher war das meistens unangenehm. Mit Lene ist es anders. Ich habe nichts dagegen, dass sie mich ansieht, dass sie mich so genau betrachtet, meine Gesichtszüge, die Form meiner Augen, meinen Mund. Erstaunlich. Seit ich weiß, dass unsere Körper etwas gemeinsam haben, fühle ich mich sicher. Ihre Blicke sind anders als die Blicke, die ich kenne, die ich gelernt habe auszuhalten. Sie mustert mich ohne Hunger. Ihre Augen suchen nicht nach einem Geheimnis, sondern nach der Wirklichkeit. Vielleicht sieht sie etwas von sich in mir. Oder sie stellt fest, dass wir uns überhaupt nicht ähnlich sehen. Wer weiß.

Ich finde nicht, dass wir uns ähnlich sehen. Seit ich mich auf den Barhocker gesetzt habe, suche ich in ihrer Erscheinung nach mir selbst, aber ich verschweige, dass mich ihr Körper interessiert, dass ich darüber nachgedacht habe, ob ich womöglich ein wenig aussehen könnte wie sie, wenn ich siebzig bin. Ob sich bis dahin ähnliche Falten auf mein Gesicht legen werden, ob mir ihre Haarfarbe und die Frisur mit dem kurzen Pony stehen würde. Es sind merkwürdige Gedanken, aber die Wahrheit ist, dass ich noch nie eine Frau getroffen habe wie Lene, und mir bis heute nicht aufgefallen ist, wie selbstverständlich die meisten Menschen dauernd von Varianten ihrer eigenen Körper umgeben sind.

»Wie alt bist du?«

»Siebenundzwanzig.«

»Ah, in dem Alter hab ich hier die wildesten Feste gefeiert. Also für meine Verhältnisse.« Lene lacht wieder.

»Wie lange machst du das denn schon?«

»Seit '83, da ist mein Vater verstorben, und ich hab übernommen. Aber ich war auch schon vorher immer dabei, wenn die Leute zum Essen kamen und zum Trinken.«

Ich bin so neugierig. Ich will wissen, was passiert ist, zwischen 1944 und 1983, und zwar jedes einzelne Jahr. Aber wie stellt man die richtigen Fragen, damit jemand ein ganzes Leben erzählen kann?

»Und davor? Also vor '83?«

»Na, das ist eine lange Geschichte.«

Ich leere meine Tasse mit einem fast demonstrativ großen Schluck, schiebe sie beiseite und versuche, sehr selbstbewusst zu klingen. »Also, ich hab Zeit …«

»Ich auch«, sagt der Mann und bestellt ein neues Bier.

Lene bückt sich und nimmt zwei Flaschen aus einem Kasten. Eine stellt sie mir hin, mit einem Bierdeckel darunter, sie legt einen Öffner daneben, ich mache die Flasche selber auf. Wie sie sich bewegt und damit einen Raum herrichtet, wie sie ihn vorbereitet dafür, gleich eine Geschichte zu erzählen, erinnert mich an meine Oma. Manchmal habe ich die Nachmittage nach Schulschluss bei ihr verbracht. Sie hat Äpfel geschnitten und auf kleine Kristallteller gelegt, manchmal gab es Spritzgebäck mit Marmelade in der Mitte oder heiße Milch mit Honig. Oma hat Untersetzer aus Holz auf dem runden Tisch im Wohnzimmer platziert, und dann saß ich auf weichen Sofakissen, und sie erzählte von früher. Oft strickte sie dabei Socken, und wenn ihre Geschichten mir zu langweilig wurden, hörte ich dabei zu, wie die Nadeln aneinanderschlugen.

Ich spüre den klebrigen Fußboden unter mir. Lene zieht eine prall gefüllte Plastikmappe unter dem Tresen hervor und hält mir ein Foto hin. Es zeigt ein junges Mädchen, vielleicht vier Jahre alt, mit zwei Zöpfen und Schleifen im Haar.

»Süß, nich?«

»Sehr süß.«

Sie schiebt ihre Brille ein kleines bisschen weiter nach oben, räuspert sich und erzählt. 1907 ist ihr Vater geboren, in Kanton. Sie hat ein Foto von ihm mit seiner chinesischen Familie, als er noch klein war. Es ist ein sehr förmliches Bild. Sie selbst war leider nie in China, dabei wollte sie eigentlich so gern, aber sie musste ja immer hier sein, nur einmal im Jahr gönnt sie sich Urlaub, ganz allein. »Ich fahre immer in den Norden«, sagt sie, sie mag den Norden, und sie mag das Meer. Ihr Vater ist geflohen vor der Hungersnot, so kam er 1926 nach Hamburg, und er hatte die Absicht zu bleiben. Er hat das Restaurant gekauft und ihre Mutter kennengelernt, ja, die Mutter, die Angst hatte, als sie mit ihr schwanger wurde. Sie wollte sich die Treppe runterstürzen. Später ist sie mit einem amerikanischen Kapitän durchgebrannt. Der Vater blieb zurück, mit seiner kleinen Tochter und dem Restaurant, bis es ungemütlich wurde unter den Nazis. Da war Lene drei Jahre alt, und er setzte sie in einen Zug Richtung Süden, zur Cousine seiner neuen Freundin, und bat den Schaffner, unterwegs auf sie aufzupassen. Er wurde von den Nazis ins Lager gesteckt, wurde misshandelt, die Details spart sie aus, vielleicht kennt sie sie nicht, oder sie gehören zu einer anderen Geschichte, in ein anderes Gespräch. Und als sie Jahre später zurückkam, war ihr Vater ein anderer Mensch.

»Er traute niemandem mehr und redete nicht«, sagt Lene.

Das Restaurant bekamen sie irgendwann zurück, aber nichts war mehr übrig, kein einziges Geschirrhandtuch, kein Bilderrahmen, und schon gar nicht die großen, runden Tische und die mit feinen Schnitzereien verzierten Stühle aus Ebenholz, die ihr Vater aus Kanton hatte importieren lassen. Nichts. Eine Entschädigung bekamen sie nie, ihr Vater bekam auch keinen Stolperstein, schließlich hat er überlebt, er ist nicht an den Misshandlungen gestorben.

»Aber es ist doch sehr viel *in* ihm gestorben«, sagt Lene und runzelt die Stirn.

Sie redet, als hätte sie diese Dinge schon sehr oft erzählt. Ich habe so viele Fragen an diesen Schnelldurchlauf – ob ihr Vater früher von China erzählt hat, ob sie später versucht hat, mit ihm über das Lager zu reden, welche Gäste das Restaurant besuchten, wie die Stimmung war, was es zu essen gab – aber auf einmal wird es laut. Eine Gruppe drängt in die Bar, vielleicht zwölf Leute, die sich unterhalten, sich in den Armen liegen. Einer von ihnen ruft nach Schnaps. Lene lässt den Plastikordner unter dem Tresen verschwinden und macht sich an die Arbeit. Ich bin wütend auf die Eindringlinge, auf die Lautstärke, auf die taumelnden Körper, die sich in der Kneipe ausbreiten. Meine Wut hat wenig Berechtigung, glaube ich. Diese Leute gehören hierhin. Doch für mich ändert ihre Anwesenheit alles, sie lässt unserem Gespräch keinen Platz mehr, und mir irgendwie auch nicht, sie besetzen alle Hocker und quetschen sich daneben, ihre Körper kommen meinem zu nah, und ihre Köpfe verdecken den Gott im Schaukasten. Trotzdem will ich nicht gehen. Ich will Lene dabei zusehen, wie sie Schnapsgläser befüllt und mit den Gästen spricht. Neben mir schiebt sich ein Mann in dunkelblauem Poloshirt an die Bar und zückt sein Portemonnaie. Er riecht nach Bier.

»Trinkst du mit?«

»Ja.«

Er bestellt acht Mexikaner, reicht sie weiter, einen gibt er mir, und wir kippen uns den scharfen roten Schnaps in den Rachen. Er fragt mich, wie ich heiße, ich sage irgendeinen Namen, er sagt mir seinen, und ich vergesse ihn sofort.

»Und was machst du beruflich?«

»Ich bin Restaurateurin«, lüge ich.

»Ah, nice.«

Ich verstehe nur die Hälfte, weil es so laut ist und weil es mich nicht interessiert. Was er sagt, ist mir egal. Irgendwann zieht ein anderer Mann ihn beiseite, unsere Unterhaltung ist beendet. Mir ist ein bisschen schlecht, im Magen und im Kopf. Vorhin war alles viel besser, allein mit Lene und ihren Fotos und dem stillen Komparsen an der Bar. Vielleicht hätte ich irgendwann von A'bu erzählt, von Ma oder sogar von mir. Es fühlte sich an, als wüsste ich plötzlich, wo ich bin, als hätte ich verlässliche Hinweise gefunden auf Himmelsrichtungen, Koordinaten, Entfernungen. Vorhin schienen die Dinge für einen kurzen Moment an die richtigen Positionen zu fallen. Aber der Moment ist vorbei.

Es vergeht Zeit, wie viel genau, weiß ich nicht. Ich gehe zur Toilette, ich wanke etwas, ich komme zurück, ich gehe vor die Tür, ich werde nass, ich gehe wieder an die Bar. Ich bin nicht sicher, wie viel ich getrunken habe, vielleicht drei Bier, mit Sicherheit drei Schnaps und noch irgendwas anderes. Zwischendurch befällt mich die Angst, ich würde im Rausch alles vergessen. Den gut gekleideten Mann auf der Gedenktafel, den Namen Woo Lie Kien, das Jahr 1926, in dem ein Mann aus Kanton in Hamburg ankam, das Jahr 1944, in dem er verhaftet wurde, den Blick, mit dem Lene mich angesehen hat. Immer muss man sich so viel merken, vielleicht zu viel, vergessen ist da eine willkommene Einladung. Aber vergessen ist nicht unschuldig. Vergessen kann man auch mit Absicht.

Ich kann kaum meine eigene Geschichte erzählen

und die meiner Mutter und meiner Großmutter. Vielleicht ist das so, weil keine dieser Geschichten zu Ende ist. Weil sie andauern, weil sie gegenwärtig sind. Mir wäre gerade gern alles egal, was war und was noch passieren wird. Auf der Gedenktafel ist nicht genug Platz, in meinem Körper auch nicht. Ich reiche für all diese Dinge nicht aus, ich schaffe sie nicht allein.

Ich frage eine junge Frau nach einer Zigarette. Wir trinken einen weiteren Schnaps. Ich sehe in die Gesichter und durch sie hindurch, über uns wacht ein rot-goldener Gott. Irgendwann ist der Raum leer, und Lene kommt auf mich zu. Zum ersten Mal seit Stunden sehen wir uns wieder an.

»So, und was machen wir jetzt mit dir?«

Mir ist schwindelig. Ich habe nicht mehr daran gedacht, mir einen Schlafplatz zu suchen, ich könnte zum Bahnhof und direkt in den Zug steigen.

»Wie spät ist es?«

»Halb fünf. Komm, ich hab noch ein Zimmer frei.«

Ich greife nach meinem Rucksack und folge ihr, vorbei am Tresen und dem Spielautomaten, an dem Foto von Lenes Vater, unter dem wütenden Gott hindurch. Am Ende eines schmalen Hausflurs führt eine Treppe nach oben.

»Das erste Zimmer links.«

Sie reicht mir einen Schlüssel, ich habe mich den ganzen Abend nicht vorgestellt. Aber sie hat mich auch nicht nach meinem Namen gefragt.

»Danke dir«, sage ich. Ich brauche heute Nacht keinen Namen mehr.

Ich taumele die Treppe nach oben, öffne die Tür in ein kleines Zimmer, das nach Teppich riecht, und taste nach dem Lichtschalter. Die Deckenlampe flackert auf und erlischt sofort wieder, ich schalte die Nachttischlampe ein, schließe die Tür mit dem kleinen goldenen Schlüssel ab, ich muss mich konzentrieren. Ich bin mir nicht mehr so sicher, wo mein Körper anfängt und wo er aufhört, es ist ein wohliges Gefühl, alles verschwimmt mehr, als es sollte. Und es ist ein gutes Gefühl, endlich allein zu sein. Das Zimmer ist in die Jahre gekommen, das Bett aus furniertem Holz, die verwaschene gelbe Bettwäsche. Ich sehne mich nach frischer Luft. Vor dem Fenster hängen kurze Spitzengardinen und ein schwerer Vorhang. Ich schiebe ihn beiseite, öffne das Fenster, stecke meinen Kopf nach draußen und atme tief ein. Dann ziehe ich meine Trinkflasche aus dem Rucksack und fülle sie in dem kleinen Waschbecken im Bad auf. Meine Klamotten riechen nach Zigaretten, ich kann mich schwer auf den Beinen halten, vielleicht ist das Flimmern von heute Nachmittag nicht ganz weggegangen, vielleicht habe ich mich nur daran gewöhnt. Ich stelle die Flasche auf den Boden, vorsichtig, das klare Geräusch von Glas auf Fliesen kommt mir bekannt vor, es klingt, als würde etwas kaputtgehen, aber es geht nichts kaputt. Ich ziehe meinen Pullover aus und wasche mir das Gesicht mit kaltem Wasser, tupfe mich mit einem Handtuch trocken und schaue im Spiegel in gerötete Augen.

Ich muss an die Frau denken, die im See treibt, die Frau, um die das Wasser konzentrische Kreise zieht. Ist sie eine andere als die Frau im Spiegel? Sie stützt sich in Unterwäsche auf den Rand des Waschbeckens. Sie hat vergessen, den Hahn richtig zuzudrehen, Wasser tropft in den Abfluss. Ihre Haare sind dunkel, kinnlang, gewellt, an den Spitzen sind sie nass geworden, auf der rechten Seite hat sie sich die Strähnen hinters Ohr gestrichen.

Die Frau ist eine Ausrede. Diese Frau im Spiegel bin ich, alles an ihr bin nur ich, keine dritte Person Singular, keine Distanz, keine Vogelperspektive. Ich habe diesen Körper schon oft betrachtet, ich kenne seine Form, seine Risse, seine Falten. Er hat viel mitgemacht, ich war mit ihm im Krieg, wie so viele Menschen mit ihren Körpern im Krieg waren, genau so, aber irgendwie auch ganz anders. Hinter den Wasserflecken auf dem Spiegel sehe ich die Sprenkel auf meinem Körper. Wahrscheinlich wird niemand jemals wissen, wie viele Punkte ich auf meiner Haut trage.

Als ich jünger war, waren es noch wenige, ein paar im Gesicht, einer auf dem linken Schulterblatt, einer über der rechten Ferse. Mit jedem Jahr wurden es mehr, den meisten habe ich keinerlei Beachtung geschenkt. Die Leute haben den Punkten auf meiner Haut verschiedene Namen gegeben: Leberflecken, Sommersprossen, Muttermale, und keiner klingt wirklich passend. Für mich sind es einfach Punkte. Ma hat auch welche, viele, auch bei ihr wurden es mit den Jahren mehr, ob A'bu welche hatte, weiß ich nicht. Und während ich so dastehe und meinen Oberkörper betrachte, stelle ich mir vor, dass meine Haut ein Universum ist und die vielen Punkte darauf Sternbilder malen, für die es noch keine Namen gibt. Ich wünschte, jemand würde ihnen Namen geben. Mein Körper als Universum, irgendwie grenzenlos, obwohl das doch eigentlich nicht sein kann.

Ich habe mich niemals zuvor auf diese Weise angesehen. Isoliert, einzeln. Mit einem Blick, der Verbindungen sieht, aber keine Vergleiche. Der meinen Körper betrachtet, ohne auszuweichen. Der mich sieht, einfach nur mich, und darin so viel mehr Möglichkeiten erkennt als ein Niemals-genug. Vielleicht reflektieren Spiegel nicht jeden bösen Geist nach draußen. Vielleicht fangen sie auch manche Geister ein, und die starren dann zu uns zurück. Ich sehe sie jetzt, glaube ich. Verschwommene Silhouetten neben meinem Spiegelbild, links, rechts, im Hintergrund huschen Schatten vorbei, Formen ohne Gesichter, aber sie kommen mir vertraut vor. Ich blinzele, ich sehe uns nebeneinanderstehen, beinahe wie auf einem Familienfoto.

Ich halte meine Handgelenke noch einmal unter das kühle Wasser. Mir ist weniger schummrig, ich spüle mir den Mund aus, trockne meine Hände und verlasse das Badezimmer, ohne noch einen Blick in den Spiegel zu werfen. Ich lege mich aufs Bett und fühle mich wie auf einem Schiff. Es wiegt hin und her, oder es ist der Fußboden, das ganze Haus oder sogar die Erde darunter? Ich suche nach einem Rhythmus, einer Regelmäßigkeit. Es ist ein guter Schwindel, so einer, den ich loslassen darf und nicht unter Kontrolle bringen muss. Zum ersten Mal habe ich keine Angst davor, die Kontrolle zu verlieren. Ich treibe. Eine Welle trifft auf eine andere, sie werden zu einer größeren. Ich schließe die Augen, taste mit der linken Hand nach der Lampe und mache das Licht aus.

Ich schlafe ein.

Die Männer haben sich um den Couchtisch versammelt, auf dem Sofa, dem Sessel, auf niedrigen Schemeln aus Holz. Sie rauchen und spielen Karten. Das Deckenlicht wirft einen grünlichen Schimmer auf ihre Körper und das Mobiliar. Der Bambushocker, den A'bu sonst für ihre abendliche Wäsche mit ins Badezimmer nimmt, ist noch frei.

»A-Lin, dang ba!«

Jing Mu winkt mich herüber, er lacht so breit, dass ihm fast die Zigarette aus dem Mund fällt. Er ist ein einfacher Mann. Ayi und er haben geheiratet, ohne einander zuvor begegnet zu sein, sie kam damals gerade aus Heilongjiang zurück, wo sie zehn Jahre auf Feldern gearbeitet hatte, weil Mao es so wollte. Es waren die Jahre, in denen sie sonst einen Beruf erlernt hätte. Sie wollte Geografielehrerin werden, sie wollte alles wissen über die Welt, aber als sie nach Hause zurückkam, war es zu spät für eine Ausbildung, also heiratete sie den Mann, den ihre Eltern für sie ausgesucht hatten, und las jeden Morgen nach dem Frühstück den Auslandsteil der Zeitung.

Jing Mu hat ein außergewöhnlich großes Herz und einen außergewöhnlich großen Körper, er geht immer etwas gebeugt, als könnte er die schweren Steine und Gerüstteile, die er all die Jahre bei der Arbeit auf dem Bau auf den Schultern trug, nie ganz ablegen. Er hatte schon immer sehr wenige Haare auf dem Kopf, sie glänzen weiß im grünen Nebel. Er ist dünn und dunkel gebrannt von der Sonne. Jing Mu hält eine billige

Zigarette in der großen Hand, mit der anderen fächert er Spielkarten auf.

Wir reden nicht viel. Als er »dang ba« ruft, muss ich grinsen. Es ist seine Aufforderung an mich mitzuspielen. Also setze ich mich dazu, auf A'bus kleinen Bambushocker, und stecke mir eine getrocknete Pflaume in den Mund.

Ich sitze gern bei den Männern, ich tue alles, was sie tun. Ich stecke mir eine Zigarette an und rolle mein T-Shirt nach oben, bis kurz unter die Brust, weil auch mein Bauch zu schwitzen beginnt. Ich bin die einzige Frau in der Runde, die einzige Frau, die sich für ihr Spiel interessiert. Neben Jing Mu sitzen meine drei Onkel, der älteste, der mittlere, der jüngste, als wären sie für ein Foto platziert worden. Sie haben die Hände auf den Knien abgelegt wie Götterstatuen in einem Tempel. In einem Sessel im Halbdunkel des Raumes sitzt ein dünner Greis mit milchigen Augen und schlürft dunklen Tee aus einer Tasse mit aufgemalten Blumen, er unterhält sich mit einem Mann, der mir bekannt vorkommt. Er trägt als Einziger einen Anzug und gibt mir das Gefühl, wir müssten uns schon einmal begegnet sein. Ich streiche mir mit der Hand über den schwitzenden Bauch und krame in meiner Erinnerung nach seinem Gesicht, aber ich finde es nicht. Ich kneife die Augen zusammen in der Hoffnung, dass seine Umrisse klarer werden, meine Augenlider spannen, aber die Männer werden nicht schärfer, im Gegenteil. Sie sind fast durchsichtig. Ich kann durch sie alle hindurchgucken.

Meine Onkel erklären mir hingebungsvoll Dinge, die ich längst verstanden habe. Ich tue so, als wäre mir alles neu. Die Regeln sind einfach, man muss die Karten möglichst schnell in Paaren, Drillingen oder Straßen abwerfen und dabei laut den Namen der Kombination ausrufen. Ich lerne Wörter für Bube, Dame, König, Ass: *jiake, bidä, lokä, äsi,* ich spreche den Männern nach und werde zur Meisterin der Imitation. Wer zuerst keine Karten mehr hat, gewinnt. Wir spielen nie alle gleichzeitig. Der älteste Onkel beobachtet das Geschehen, er sitzt sehr aufrecht und lehnt jede Zigarette ab, nur manchmal lächelt er ein vorsichtiges Lächeln. Der mittlere Onkel schwitzt, sein Gesicht nimmt irgendwann ein ähnliches Rot an wie sein T-Shirt, er verliert oft und ärgert sich. Er ist ein massiger Mann, ich bin mir sicher, dass ein Großteil seines Körpers eine Art Speicher sein muss für all die Tränen, die er vor Glück, Wut oder Melancholie vergießt.

Der jüngste Onkel steigt für eine Runde ein, als er gewinnt, schwillt seine Brust vor Stolz an, beim Rauchen spreizt er den kleinen Finger seiner rechten Hand ab, zwischendurch zitiert er klassische Gedichte:

»Vor meinem Bett leuchtet der Mond.
Oder ist es bloß Frost auf dem Boden?
Ich hebe meinen Kopf in sein Licht,
neige ihn zur Erde und denke an die Heimat.«

Der Unbekannte im Anzug starrt gedankenverloren auf seine silberne Taschenuhr. Der Alte hält zwar Karten in der Hand, spielt aber eigentlich gar nicht mit. Er beobachtet das Geschehen, glaube ich, obwohl ich mir nicht sicher bin, ob er durch den trüben Film vor seinen Augen viel sehen kann.

Ich verliere oft, muss mischen und ausgeben, die Karten zischen über den Tisch. Ich drücke die getrocknete Pflaume gegen meinen Gaumen, ihre Säure zieht in meinen Oberkiefer. Ich gebe mir wenig Mühe, Gewinnen hat mich noch nie interessiert. Ich will nur, dass die Männer sich nicht mit mir langweilen. Solange sich niemand langweilt, spielen wir weiter. Stundenlang.

Durch den grünen Rauch studiere ich die Gesichter. Irgendwas stimmt nicht mit ihnen. Wir wissen wenig übereinander, zu wenig, und trotzdem fühlt es sich an, als seien wir einander vertraut, als säßen wir hier jede Nacht zusammen, als sei ich eine von ihnen und sie viele von mir.

Der älteste Onkel gießt dem Alten heißes Wasser nach, ohne dass dieser darum bittet. Der jüngste Onkel klopft dem mittleren auf die Schulter, er hat wieder verloren und weint bitterlich. Der Mann im Anzug steht auf, verschränkt die Hände auf dem Rücken, umrundet den halben Tisch, stellt sich neben mich, bleibt still. Ich traue mich nicht, an ihm hochzublicken. Seine Nähe ist mir unangenehm.

Die Karten schlittern über die gläserne Tischplatte, ein paar Sonnenblumenkernschalen fliegen zu Boden. »Ha!« Jing Mu hat eine Straße abgeworfen und gewonnen, ich habe noch vier Karten auf der Hand.

Der mittlere Onkel zieht seinen Hosenbund nach oben, greift über den Tisch und schiebt Jing Mus Karten auseinander.

»Da fehlt eine Fünf, das ist keine Straße, du Betrüger!« Er blickt mich ernst an. »Du musst aufpassen, er ist ein alter Trickser!«, ruft er und lacht, und Jing Mu lacht auch, und dann lachen wir alle.

Mir ist egal, ob er schummelt. Ich will nur, dass er mit mir Karten spielt, dass er meinen Namen sagt und davor ein liebevolles *A* hinzufügt, *A-Lin*, und dass er mich dabei ansieht, als wäre ich seine Tochter.

Wir haben zwölf Runden gespielt, zwei habe ich gewonnen. Aus den Augenwinkeln betrachte ich den Alten. Er hustet viel und redet nicht. Mir ist, als starrte er mich an. Er ist mir unheimlich. Ich suche nach einem Versteck, für den Notfall, oder nach Ma, vielleicht ist sie hier? Ich finde sie nicht. Gegenüber, auf der anderen Seite des Raumes, steht eine gepackte Reisetasche.

Auf einmal wird das grüne Licht wärmer. Auch die Männer verändern sich. Sie halten in ihren Bewegungen inne, sie ziehen die Arme an ihre Körper wie Schildkröten ihre Köpfe in die Panzer. Sie stehen langsam auf und verlassen das Zimmer.

»Wo wollt ihr hin?«, frage ich, aber kriege keine Antwort.

Sie verabschieden sich nicht und sehen mich nicht an. Gläserne Figuren gehen durch die Tür nach draußen, als hätte sie jemand gerufen, wie Schulkinder, die von der Klingel ins Klassenzimmer gesogen werden. Mir scheint, als lösten sie sich auf – erst der Unbekannte, dann der Alte, der mittlere Onkel, dann Jing Mu. Nur der älteste und der jüngste Onkel bleiben zurück, sie bemerken das Verschwinden der anderen nicht, sie gehen einfach weiter. Ich schaue ihnen nach, doch kann nicht aufstehen. Also schiebe ich die Karten zusammen und spucke den Pflaumenkern aus. Mein Mund ist von der Säure taub geworden. Meine Wimpern kleben zusammen, vor meinen Augen tanzen orangene Flecken.

»Irgendwas stimmt hier nicht«, denke ich, »irgendwas kann so nicht sein.«

Sie können doch nicht einfach gehen, ohne sich zu verabschieden, sie können sich nicht auflösen, meine Augen können nicht zusammenkleben, die Welt kann nicht orange sein, das war sie noch nie.

Ich wache auf.

nähe

An einem Tag im Oktober, der sich anfühlt, als wäre noch einmal Sommer, sitze ich auf einer Liege in einem Behandlungszimmer und warte. Das Fenster hinter den weißen Lamellen steht auf Kipp, frische Luft zieht in den Raum, die Lamellen schaukeln vor sich hin. Ich musste suchen, bis ich die Praxis gefunden hatte. Ich bin an efeuberankten Altbauten vorbeigeschlendert und habe einem Mann in kariertem Anzug und mit Schiebermütze dabei zugesehen, wie er sein Herrenrad vor der Friedhofsmauer anschloss, durch das Eingangstor verschwand und wenige Sekunden später wieder herauskam, um die Gießkanne zu holen, die er im Fahrradkorb vergessen hatte.

Meine Beine baumeln von der Liege, ich kann den Boden nicht berühren und fühle mich wie ein Kind. Ich habe beide Hände neben mir abgestützt und streiche mit den Fingern langsam über die OP-grüne Papierunterlage. Es raschelt.

»So, guten Tag.« Die Tür geht auf.

»Guten Tag.«

»Dann wollen wir mal!« Der Arzt klingt sehr gut gelaunt.

Ich verziehe den Mund zu einem Lächeln. Er zieht sich Einweghandschuhe über, die Praxishelferin mit perfekt geformten Augenbrauen trägt ein Tablett mit verschiedenen Instrumenten herein und stellt es neben dem Arzt ab. Der klappt mein linkes Ohrläppchen um und sagt, »Hm«.

»Alles in Ordnung?«, frage ich.

»Ja, sollte kein Problem sein.«

Er greift nach einer kleinen Sprühflasche.

»Das kann etwas kalt werden, ist aber einfach zur Betäubung.«

Es fühlt sich an, als würde er mir einen Eiswürfel von hinten ans Ohr drücken. Es ist eigentlich okay.

»Spüren Sie was?«

»Nur, dass es sehr kalt ist.«

»Sehr gut. Dann legen wir mal los.«

Er greift nach einem schmalen Skalpell und zieht mit der linken Hand mein Ohrläppchen nach vorne. Wie oft ich in den letzten Jahren vor dem Spiegel stand und genau das Gleiche gemacht habe, um zu sehen, was mir dort wächst. Etwas, das dort nicht hingehört, eine Perle aus Gewebe, die ganz langsam, aber stetig größer wurde. Ausgerechnet am Ohrläppchen. Ich schaue auf die gerahmte Nahaufnahme einer lila Orchideenblüte. Ich kann Orchideen nicht leiden.

»Gleich geschafft. So.«

Ich spüre, wie mir etwas Warmes den Hals herunterläuft. Der Arzt drückt ein Stück Watte an mein

Ohrläppchen und weist mich an, ein paar Minuten mit Daumen und Zeigefinger fest zuzudrücken.

Ich tue, was er sagt, und starre auf eine kleine Schale aus Presspappe. Mein Blut hat die Pappe an ein paar Stellen dunkel gefärbt. Neben einem zerknäulten Stück Papier liegt ein unscheinbarer Gewebeknubbel. Mir schießen Tränen in die Augen.

»Was passiert denn jetzt damit?«

»Wir schicken das ins Labor, und dann bekommen Sie einen kurzen Befund. Sie müssen sich keine Sorgen machen.«

Er sieht mir in die Augen. Wahrscheinlich sieht er, wie feucht sie sind. Wahrscheinlich glaubt er, ich hätte Angst.

»Ich vermute, das ist ein Keloid, ein gutartiger Tumor, abnormales Narbengewebe.«

Ich versuche es mit einem weiteren Lächeln und weiß jetzt schon, dass ich sehr lange über das Wort »abnormal« nachdenken werde. Er lächelt zurück und klebt mir ein Pflaster über die Wunde. Dann zieht er sich die Handschuhe wieder aus.

»Das war's schon. Wir melden uns, falls was sein sollte.«

»Danke schön.«

Ich rutsche von der Liege, schüttele ihm die Hand, verlasse die Praxis ohne mein abnormales Narbengewebe und denke wehmütig an Ohrringe.

Ohrringe waren immer mein liebster Schmuck. Das erste Mal hatte ich Ohrlöcher, als ich fünfzehn war, damals ging ich zusammen mit einer Freundin in einen

Modeschmuckladen, wo eine Verkäuferin zig Ohrlöcher pro Tag stach. Es tat weh, und ich weiß noch genau, wie mein ganzer Körper mit dem ersten Schuss warm wurde und wie sich vor dem zweiten all meine Muskeln zusammenzogen. Aber im Anschluss war ich sehr glücklich mit meinen Steckern und bemühte mich, sie jeden Tag morgens und abends zu drehen und nachts auf dem Rücken zu schlafen, um die Wunden in Ruhe heilen zu lassen. Ich habe gut auf mich geachtet und alle Anweisungen befolgt. Trotzdem ist nichts verheilt.

Das Tor zum Friedhof steht noch offen. Anders als Ma mochte ich Friedhöfe immer. Ich finde sie einladend und beruhigend, für Ma sind es unheimliche Orte. Als ich acht Jahre alt war, wohnten wir für kurze Zeit in einer engen Einraumwohnung gegenüber dem größten städtischen Friedhof. Vom Fenster unter dem Dachgiebel aus konnte ich den Schornstein des anliegenden Krematoriums sehen. Ich wusste nicht, was das für Rauch war, der aus diesem großen Turm aufstieg und sich mit den Wolken vermischte. Ma schloss immer schnell alle Fenster, wenn sie ihn bemerkte, und wenn wir mit den Fahrrädern am Friedhofsgelände vorbeifuhren, war mir manchmal, als würde sie die Luft anhalten. Als könnte sie sonst den Tod einatmen, wenn sie nicht vorsichtig genug war.

Ich schlendere zum Friedhof hinüber und gehe ein paar Schritte auf das Gelände. Es ist ein schöner Ort. Links und rechts säumen alte Bäume den Weg, auf dem Boden liegt schon Laub. Ich setze mich auf eine

Bank, halte mein Gesicht in die Sonne und überlege, ob mein Körper fühlen wird, dass ihm etwas weggenommen wurde. Wahrscheinlich wird Ma sagen, dass sie es gewusst habe. Dass ich von Anfang an hätte vermeiden sollen, meinem Körper Löcher zuzufügen. Ausgerechnet die Ohrläppchen. Ich fahre mit zwei Fingern über das Pflaster.

Es heißt, manche Dinge überspringen eine Generation. Eine Freundin von mir ist Mathematikerin, und ihre Eltern – ein Musiker und eine Sozialpädagogin – erklären sich und anderen diesen Umstand nicht mit dem Interesse ihrer Tochter an Logik und mit ihrer sehr harten Arbeit, sondern dadurch, dass ihr Großvater Buchhalter war. Ein anderer Freund ist sehr groß, obwohl seine Eltern beide kaum größer als einen Meter sechzig sind. Sein Großvater mütterlicherseits hingegen wurde in dem Dorf, in dem er aufwuchs, Bohnenstange genannt. Es ist, als würden diese Parallelen in der Familie sie erleichtern.

Vielleicht hätte ich nicht so lange und vergeblich in der Sprache danach suchen sollen, was A'bu und mich verbindet. Vielleicht lag das, was uns verbindet, nie auf unseren Zungen, sondern an anderen Stellen. Ich war überzeugt, dass kein einziger Teil meines Körpers nur annähernd A'bus kleiner, gebeugter Statur gleichen könnte. Bis meine Ohrläppchen sich weigerten zu verheilen, und mein Körper abnormal weiterwuchs, wo A'bu vor Jahrzehnten etwas genommen wurde.

»Kann ich mich setzen? Die Sonne scheint hier noch so schön.«

Der Mann mit der Schiebermütze wartet meine Antwort nicht ab. Ich hätte ohnehin nicht Nein gesagt. Er setzt sich an das andere Ende der Bank. Zwischen uns ist ein angenehmer Abstand.

Ich betrachte seinen karierten Anzug, er ist sicher aus Wolle, die erdigen Farben passen gut zum Laub unter unseren Füßen. Er sieht aus, als hätte er mehrere solcher Anzüge im Schrank, als würde er jeden Tag einen tragen, egal, ob zum Einkaufen, oder wenn er einen wichtigen Termin hat. Vielleicht trägt er nie etwas anderes, nur zum Schlafen zieht er einen gebügelten Pyjama an.

»Und wen besuchen Sie hier?«, fragt er, ohne sein Gesicht von der Sonne wegzudrehen.

»Ach, niemanden. Ich hatte einen Termin in der Gegend und wollte bloß noch kurz in der Sonne sitzen. Und Sie?«

»Ich habe meiner Mutter Guten Tag gesagt und einem alten Freund. Ein bisschen für Ordnung gesorgt, das geht jetzt so schnell hier, mit all den Blättern.«

Er klingt zufrieden. Das Pflaster an meinem Ohrläppchen fühlt sich nass an.

»Haben Sie sich verletzt? Sie bluten ja.«

»Das hört sicher gleich auf, ich war gerade beim Arzt.«

Er greift in die Innentasche seines Jacketts und reicht mir ein Taschentuch. Zum Glück ist es nicht aus Stoff.

»Oh, danke.« Ich presse es an mein Ohr und betrachte sein Gesicht. Der Mann hat buschige Augenbrauen und tiefe Falten auf der Stirn, aber fast gar keine um den Mund. Und er hat sehr große Ohrläppchen.

»Wissen Sie, wer große Ohrläppchen hat, wird ein glückliches Leben leben. Am besten hat man so große Ohrläppchen wie Buddha«, sage ich und wundere mich etwas, dass ich den Satz laut ausgesprochen habe.

»Wirklich?« Er fasst sich an seine Ohren und lacht, »da hab ich ja Glück.« Ich glaube, er freut sich tatsächlich. »Sagt man denn auch was über blutende Ohrläppchen?«

»Hm. Nicht, dass ich wüsste.«

Ich drücke das Taschentuch etwas fester auf die Wunde.

»Meiner Großmutter haben sie im Krieg die Ohrringe rausgerissen«, sage ich und schaue dabei auf einen Punkt zwischen den Bäumen.

»Hat sie viel vom Krieg erzählt?«

»Überhaupt nichts. Aber ich habe auch nie gefragt.«

Aus dem Augenwinkel kann ich ihn nicken sehen.

»Das haben wir Menschen so gemeinsam, fürchte ich.« Er zögert kurz, als sei er nicht sicher, ob er weitersprechen soll.

»Wissen Sie, meine Mutter hat nach dem Krieg alle Wörter vergessen. Sie sind ihr entfallen, es war, als wäre ihr die Zunge eingeschlafen. Das war sehr schade, sie war eine ausgezeichnete Rednerin.«

»Haben Sie sich trotzdem noch unterhalten?«

»Kaum. Ich habe ihr ab und zu aus meinem Leben

erzählt. Aber meistens haben wir uns einfach nur Gesellschaft geleistet. Das war oft genug.«

Ich spüre ein Pochen durch das Taschentuch und schließe die Augen. Die Sonne scheint warm auf mein Gesicht und meine Schultern, und ich mag die Gesellschaft dieses Fremden. A'bu hatte kaputte Ohrläppchen, und ich habe das auch. Wahrscheinlich bin ich wie alle anderen, ich will nicht glauben, dass es nur Zufälle sind, die uns miteinander verbinden.

»Ich habe mal gelesen, dass die Ohren eines Menschen niemals aufhören zu wachsen«, sagt der Mann. »Das wären doch gute Nachrichten, wenn das Glück mit ihnen immer größer wird.«

»Ja«, sage ich, »das wären die besten Nachrichten.«

jade (三)

In einem Dokumentarfilm bricht eine Gruppe junger Männer aus verschiedenen chinesischen Dörfern in das Kunlun-Gebirge nahe dem tibetischen Hochplateau auf. Sie wollen Jade finden. Die Luft in den Bergen ist dünn und feucht, ständig ziehen Nebelschwaden durchs Bild. Die Männer schlafen während der Expedition monatelang in behelfsmäßigen Zelten, die sie auf weiten Geröllfeldern aufbauen, sie löffeln Reis aus Blechschüsseln, ihre Haut ist rotbraun von der Höhensonne. Bevor der gefährlichste Streckenabschnitt beginnt, opfern sie eine Ziege. Ihre Chancen stehen schlechter, vom Berg einen großen Brocken Jade geschenkt zu bekommen als den Tod. Sie suchen trotzdem.

Sie verdienen auf dieser Expedition doppelt so viel wie bei der Arbeit in ihren Dörfern. Einer von ihnen will ein Motorrad kaufen von seinem Lohn und dem Anteil, der ihm zustehen würde, wenn sie tatsächlich Jade finden sollten. Eine junge Frau aus seinem Dorf habe zugesagt, ihn zu heiraten, wenn er ein Motorrad hat. Wenn oder falls.

Wochen später finden die Männer tatsächlich einen Brocken Jade, an einigen Stellen scheint der hellgrüne Edelstein durch das matte Grau. Leider gilt er mit seinen rund vierzig Kilogramm als nicht besonders groß. Schwer ist er trotzdem, und er muss zurück ins Lager getragen werden. Der junge Mann mit dem Traum vom Motorrad meldet sich freiwillig. Die anderen helfen ihm dabei, sich den unhandlichen Brocken mit einer provisorischen Konstruktion aus Yakhaarseilen auf den Rücken zu hieven wie einen Rucksack aus Stein. Und dann tapst er los, die steilen Hänge hinunter, in dünnen Stoffschuhen ohne Profil, mit bloß einem Paar Arbeitshandschuhen, die seine Hände wenigstens ein bisschen vor Schnitten und Striemen schützen. Die anderen gehen vor, manchmal holt er sie ein, während sie Pause machen. Bis er unten im Camp ankommt, dauert es elf Tage.

Jade tragen ist anstrengend. Meine Kette aus zwölf rund geschliffenen Jadesteinen bereitet mir schon nach ein paar Stunden Nackenschmerzen, deswegen trage ich sie selten. Mein Jadearmreif wiegt dreiundvierzig Gramm, ich habe sein Gewicht mit der Kofferwaage gemessen. Menschen haben alle möglichen Bedeutungen in Jade hineingelegt, die noch viel schwerer wiegen, damals und heute. In einem einzigen Stück Jade können sie eine ganze Philosophie finden, eine Weltsicht, sogar eine Sicht auf das Universum.

Ich weiß nicht, wie alt A'bu war, als sie ihren Jadearmreif bekam. Ma bekam ihren ersten zu ihrem fünfzigsten Geburtstag. Ich bin jetzt siebenundzwanzig Jahre alt und wundere mich zum ersten Mal, warum sie vorher nie einen trug.

»Früher standen Jadearmreifen für die Schönheit der Frauen und für Reichtum«, hat Ma mal gesagt.

»Du bist doch eine schöne Frau. Warum hattest du dann keinen?«

»Während der Kulturrevolution hat niemand einen Armreif getragen. Das – gehörte sich nicht.«

Die Antwort lag so nahe, dass es mir wehtat, nicht von allein darauf gekommen zu sein. Manchmal fürchte ich, dass man die Geschichte so sehr studieren kann, wie man will, und trotzdem die Hälfte wieder vergessen wird, wenn eine Information nur ins Gehirn geflossen, aber vor der Seele stehen geblieben ist.

»Der einzige Schmuck, den wir getragen haben, waren die kleinen Anstecknadeln mit dem Porträt von Mao Zedong.«

Vor Jahren habe ich in einer alten Blechschachtel im Haus meiner Eltern gekramt. Darin lagen ein paar Briefmarken, ein Bündel alter chinesischer Geldscheine, ein paar Münzen und eine kleine Brosche, auf der Maos Gesicht abgebildet war. Ein goldener Kopf im Profil, vor einem roten Hintergrund, zusammen kaum größer als ein Hosenknopf, auf der Rückseite eine stumpfe, rostige Nadel.

Jade wurde schon in der Steinzeit verehrt, viel länger als der Große Vorsitzende, und trotzdem musste sie sich ihm mindestens zehn Jahre lang geschlagen geben. Ich klicke mich durchs Internet und sammle kleine Häppchen Wissen, in der Hoffnung, die Löcher zu stopfen: Die Menschen glaubten, mithilfe von Jade in Kontakt zu den Göttern treten zu können, es gibt einen Jadekaiser Yu Di, er ist Herrscher des Himmels, der menschlichen Welt und der Hölle. Seine Gestalt wurde in zahlreichen Malereien festgehalten, Tusche auf Papier, Tusche auf Seide. Yu Di steht im Zentrum der Bilder, manchmal umgeben ihn andere, weniger mächtige Himmelsgötter. Sie tragen ähnliche Gewänder und Bärte. Auf einem Gemälde stehen vier kleine Frauen an den Ecken seines Throns und halten Lampions. Mehr Frauen finde ich in dieser Erzählung nicht.

Ich habe mich nie gefragt, warum so viele chinesische Frauen einen Jadearmreif tragen. An den Handgelenken derer, die aus China weggegangen sind, wirkt er fast wie ein Erkennungszeichen. Ich weiß nicht, ob ich mich zu erkennen geben kann. Ich weiß ja nicht einmal, ob ich dazugehöre. Ich bin nie weg-, sondern immer nur hin- und hergegangen. Der Armreif ist ein Schmuckstück, das seine Herkunft nicht leugnen kann. Ich bin mir nicht mehr ganz sicher, wer mir meinen geschenkt hat. Dafür schäme ich mich. Vielleicht war es einer meiner Onkel oder eine ihrer Frauen.

Schon als Kind hatte ich einen Jadearmreif, er war grün gefleckt und etwas leichter als der, den ich heute habe. Irgendwann ist er zerbrochen, also habe ich ihn zurück in die hübsche Schachtel gelegt, in der er mir überreicht wurde, und die Schachtel irgendwo zwischen meinen Büchern verstaut. Vielleicht war ich insgeheim froh, dass er kaputtgegangen ist. Ich kannte sonst niemanden mit so einem Armreif, der Schmuck meiner Jugend bestand aus geflochtenen schwarzen Plastikschnüren, aus Strass und selbst geknüpften Freundschaftsbändern. Wenn man jung ist, will man meistens das, was die anderen haben, und weiter nichts.

Der Armreif, den ich heute habe, ist nicht grün. Egal, in welchem Licht ich ihn betrachte, es ist nicht der kleinste Grünstich zu finden. Die Jade ist weiß, stellenweise fast ein wenig fliederfarben. Ich wusste nicht, dass es Jade in dieser Farbe gibt, bis ich meinen Armreif bekommen habe. Ich behandele ihn wie einen Schatz. Die meiste Zeit liegt er wie ein Ausstellungsstück in meinem Regal. Ich finde ihn schlicht und schön und zeitlos, und trotzdem ist er mir zu laut. Sobald ich ihn trage, fühle ich mich, als würde ich mich verraten. Als würde ich etwas nach außen tragen, was ich bislang nur ganz nach innen gedreht habe.

Mein Name hat in einer Sprache drei Buchstaben und in einer anderen zwölf Striche. In einer Sprache beschreibt er nichts anderes als mich. In einer anderen Sprache bedeutet er Jade.

das gute leben

Als Ma zum ersten Mal sagte, dass sie mich liebt – nicht lieb hat, sondern liebt –, stand es auf einer Geburtstagskarte, auf Chinesisch. Ich glaube, ich habe es ihr zuerst gesagt, auch auf einer Geburtstagskarte im vorangegangenen Jahr, auch auf Chinesisch. Mir hatte vorher nichts gefehlt, da war ich sicher, und doch fielen Mas Worte, diese drei Zeichen, durch meine Augen in mich hinein und forderten alle Organe zum Tanzen auf. Ich hatte den Ball in ihr Feld gespielt und konnte mein Glück kaum fassen, als er zurückkam. Dabei war es nicht viel, es war nur ein kurzer Pass, es gab keinen Blickkontakt, wir waren nicht einmal im selben Raum, als ich es las. Aber ihre geschriebenen Worte reichten mir. Ich fand sie sogar besser, haltbarer, weil ich sie immer wieder angucken konnte.

Ma zeigt ihre Liebe, indem sie sich um mich sorgt. Mitunter am meisten sorgt sie sich um mein Gehirn, weil es ständig denkt, um Gefühle und Gedanken in Wörter und Sätze zu verwandeln. Sie glaubt, dass meine weißen Haare davon kommen, und auch die Kopfschmerzen, von diesem ständigen Übersetzen. Sie bemerkt nicht, wie nah wir uns deshalb schon wieder sind, die Dolmetscherin und ihre Tochter.

Am liebsten wäre mir, es gäbe den Beruf der Briefeschreiberin. Seit ich schreiben kann, schreibe ich Briefe. Ich schreibe Briefe für die Dinge, die sich nicht aussprechen lassen, und davon gibt es viele.

Als ich viel jünger war, fiel mir ein altes Tagebuch von Ma in die Hände, es hatte einen Einband aus roter Seide, darauf war eine Landschaft mit kleinen Menschen in kleinen Pavillons gestickt. Natürlich habe ich es aufgemacht. Ich konnte kein Wort lesen, weil alles in Schriftzeichen geschrieben war, und weil die Wörter in Mas Handschrift aussehen, als flössen sie so dahin, ganz vorsichtig und sanft, beinahe wie aus einem Pinsel, der sehr selten neu ansetzen muss. Nur meinen Namen konnte ich erkennen, ab und zu tauchte er auf, doch drum herum blieb alles ein Rätsel. Ma erwischte mich damals mit dem Tagebuch in der Hand. Sie war nicht böse, sie nahm es mir nur weg und schob es zurück ins Regal.

»Was hast du da aufgeschrieben?«, fragte ich.

»Es ist gut, ein paar Geheimnisse zu haben«, antwortete Ma.

Ich fand es komisch, etwas aufzuschreiben, wenn es doch ein Geheimnis ist. Aber vielleicht ist es so, dachte ich, dass viele Geheimnisse auf Papier geschrieben stehen, weil sie trotzdem irgendwie rausmüssen in die Welt oder wenigstens in die zweite Reihe vollgestopfter Regale, als läge dort das Archiv der ungesagten Dinge.

Ma hat ihrer Familie nichts erzählt von den Momenten, in denen ihr das Leben nicht gelungen ist, oder davon, was ihr wehgetan hat. Als A'bu noch am Leben war, hatte Ma Angst, ihre Mutter könnte sonst vor Sorge krank werden oder sogar sterben. Ich erzähle Ma meist auch nur das, was gut läuft bei mir, was sie stolz machen und beruhigen könnte. Wir verschweigen uns so vieles, dabei sind wir uns nie näher als dann, wenn wir unsere Schmerzen teilen. Vielleicht stehen die schweren Dinge in Mas rotem Tagebuch.

Ich habe lange keine Briefe mehr geschrieben. Die letzte Person, der ich regelmäßig schrieb, war Oma. Oma und ich fingen an, uns Briefe zu schreiben, als wir nicht mehr in derselben Stadt wohnten. Bis dahin hatten wir uns häufig gesehen, oft jede Woche, im Winter sonntags zum Essen und im Sommer sogar öfter, wenn ich nach der Schule in ihren Kleingarten fuhr. Oma war eine leidenschaftliche Geschichtenerzählerin. Sie las mir aus Büchern vor, von den drei kleinen Hexlein, vom Aschenbrödel oder der Sturm-Stina. Wenn Oma wegen ihres Knies oder der Hüfte im Krankenhaus lag, schrieb ich ihr Geschichten auf, mit denen sie sich die Zeit vertreiben konnte, ich schrieb von Vampiren und grausigen Monstern, die in Wahrheit ganz lieb waren. Wir konnten das gut, einander von anderen Welten erzählen. Von der echten Welt hielten wir uns fern. Aber was Oma für ein Mensch war und wie sie die Welt sah, das lernte ich erst durch ihre Briefe.

Ich freute mich über ihre Post schon, bevor ich sie aufgemacht hatte. Auf den Umschlägen klebten immer kleine rote Herzchen, ich malte oft eine Blume auf meine Briefe, um den Herzchen gerecht zu werden. Oma fragte nach meinem Studium und erzählte von einem Buch, das sie zuletzt gelesen hatte. Meistens unterzeichnete sie mit *Gott behüte und beschütze dich.* Ich antwortete auf ihre Fragen, erzählte von meinem neuen Leben in Berlin und verheimlichte, dass ich aus der Kirche ausgetreten war. Meistens unterzeichnete ich mit *Hab dich lieb, bleib gesund.* Mit der Zeit wurden unsere Nachrichten kürzer, also schickte ich selbst gemachte Postkarten, ich klebte Fotos auf ein dickes Stück Papier, solche, von denen ich dachte, dass sie ihr gefallen könnten, Blumen, Vögel, Sonnenuntergänge. Oma legte ihren Briefen oft Karten mit Bibelsprüchen bei. Sie war die Einzige, für die ich Briefmarken kaufte, und die Einzige, der ich die Bibelsprüche verzeihen konnte. Nachdem sie gestorben war und wir ihre Wohnung ausgeräumt hatten, bekam ich ein Bündel mit meiner Post an sie zurück. Ich weinte. Alles wurde von einem roten Haargummi zusammengehalten.

A'bu habe ich nie geschrieben, sie konnte weder lesen noch schreiben. Uns blieb nicht viel, außer alle paar Jahre nebeneinander auf der Couch zu sitzen und uns gegenseitig beim Essen, Sprechen oder Atmen zu beobachten. Ich las ihren Körper, die Mimik und Gestik, bis ich verstand, dass sie an der Hand genommen und zum Mittagessen geführt werden wollte, wenn sie trotzig auf ihrem schmalen Bett klebte und Ayis Rufen ignorierte. Ich ging in das dunkle Schlafzimmer, beugte mich zu ihrem guten Ohr hinunter, rief, »Tschä wää«, und streckte ihr meine Hand hin. A'bu nickte, lachte, stützte ihren kleinen Körper vom Bett ab und hakte sich bei mir unter. So las ich ihren Körper, und sie las meinen, bis sie herausfand, dass sie die Initiative ergreifen und meine Hand nehmen musste, wenn ich nach Jahren zum ersten Mal wieder neben ihr saß und mich nicht traute, sie anzusehen. Wir hatten keine Sprache, die wir auf Papier hätten teilen können. Ich habe weniger Beweise für unsere Beziehung, zwischen uns liegt mehr im Dunkeln als zwischen Oma und mir, und das fühlt sich unfair an. Bis auf das eine Mal, als ich mich von Oma im Krankenhaus verabschiedete, hatte ich niemals Angst, dass ein Treffen unser letztes gewesen sein könnte. Von A'bu lernte ich, bei jedem Abschied zu weinen, als würden wir uns niemals wiedersehen.

In den letzten Monaten habe ich angefangen, Liebesbriefe zu schreiben. Briefe an Menschen, die mir etwas bedeuten. Das sind mehr, als ich dachte, und das fühlt sich schön an. Manche Briefe sind sehr kurz, sie beginnen mit *Weißt du noch, als …* und enden mit *Danke*. In anderen steht, *dass das jetzt vielleicht naiv klingt und abgenutzt, aber ich mir sicher bin, dass alles gut wird*. Es gibt sogar Briefe, in denen ich versuche, lustig zu sein. Alle falte ich in der Mitte und klappe sie zu wie Geburtstagskarten. Mit der Verpackung gebe ich mir keine Mühe. Ich schicke diese Briefe nicht ab, nicht jetzt. Sie sollen nur da sein. Es beruhigt mich, dass sie gefunden werden könnten.

Der schwerste Brief ist der für Ma. Ich könnte ihr alles sagen, und doch würde ich das niemals tun. Als ich zwölf Jahre alt war, sank Ma auf einem Stuhl in sich zusammen und weinte, und ich stand vor ihr und hielt sie fest. Es war das erste Mal, dass sich unsere Rollen verkehrten, dass ich meine Arme um ihren schlaffen Körper schlang, um sie vor dem Auseinanderfallen zu bewahren. Ich weinte nicht, obwohl ich hätte weinen können. An diesem Tag entschied ich, dass es besser ist, wenn immer nur eine von uns weint und nicht beide gleichzeitig. Dass es von nun an einen stillen Vertrag zwischen uns geben würde, dass immer eine von uns die andere beschützen muss. Wenn man sich immer alles sagt, ist dieser Pakt kaum einzuhalten. Manches muss zurückgehalten werden, für einen anderen Zeitpunkt aufbewahrt oder für immer runtergeschluckt.

Seit Wochen liegt ein weißes Blatt Papier unter einem Bücherstapel auf meinem Tisch, unter Virginia Woolf, Nayyirah Waheed und der Gebrauchsanleitung für einen Standmixer. Kein Briefpapier, ich trenne ein paar blanke Seiten aus meinem Notizbuch. Keine Ahnung, wo ich anfangen soll. Ich zerbreche mir so sehr den Kopf, dass ich bei alltäglichen Dingen unkonzentriert werde. Ein Reisschälchen ist mir runtergefallen, und beim Einsammeln der Scherben habe ich mir den linken Zeigefinger aufgeschnitten. Es hat wahnsinnig stark geblutet, und in diesem Moment habe ich entschieden, dass ich anfangen muss. Anfang und Ende sind eigentlich nur Hilfsmittel, um einen Ort einzukreisen, an dem man sagt, was man wirklich sagen will. Ich fange an und höre auf, dazwischen liegt das Wesentliche.

Letzte Nacht konnte ich nicht schlafen, ich habe immer wieder auf die Uhr geguckt, 00:21 Uhr, 01:16 Uhr, 01:38 Uhr. Der Mond war sehr hell, es wurde nicht dunkel, selbst mit geschlossenen Augen nicht. *Ma, das ist der schwerste Brief, den ich je geschrieben habe.* Ich habe den Satz in den dunklen Raum geflüstert und musste über mich selbst lachen. Es stimmte nicht, es war nicht schwer.

Ich stand auf und knipste die Lampe auf meinem Tisch an. Daneben, auf der Fensterbank, stand eine Vase mit einem Magnolienzweig. Mir gefällt, dass Ma Schnittblumen ablehnt, während ich bis heute nichts aus einem kleinen Topf Erde wachsen lassen kann. Wir haben damit etwas gemeinsam, das trotzdem nicht ganz gleich ist, und ich dachte, vielleicht ist das der beste Anfang. Ich fange mit den Blumen an.

Ma, ich habe einen Magnolienzweig in einer Vase. Du wirst das absurd finden, aber er erinnert mich an deinen Garten, mit all den Blumen und dem kleinen Apfelbaum. Er trägt jedes Jahr ein paar Äpfel mehr, im ersten Jahr trug er keinen einzigen, im zweiten Jahr genau drei. Einen davon hast du für mich aufgehoben, wochenlang, bis ich endlich zu Besuch kam. Ich hielt ihn in den Händen, einen perfekt unperfekten Apfel, eine Seite leicht errötet von der Septembersonne, gesprenkelt mit dunklen Pünktchen. Ich habe ihn mir dicht unter die Nase gehalten und tief eingeatmet. Er roch gut. In deinem Garten ist alles in Ordnung, und wenn mal etwas nicht in Ordnung ist, dann bekommst du es in den Griff. Ich finde deinen Garten unfassbar langweilig, im besten Sinne. Du kannst dort sitzen, jeden Tag, erst ein paar Minuten in der Frühlingssonne und dann, im Spätsommer, stundenlang. Manchmal läufst du im Herbst auf den Rasen, wenn für kurze Zeit die Sonne scheint. Dann stehst du einfach da, der Sonne zugewandt, weil es für dich nichts Wichtigeres zu tun gibt, als sich vor dem Winter noch einmal aufzuladen. Im letzten Dezember zogen wir gemeinsam die Socken aus, holten tief Luft, rannten barfuß durch den Schnee und pressten dabei die Lippen zusammen. Die Welt in deinem Garten ist übersichtlich, sie widmet sich nur dem, was schön ist. Du wolltest nie Gemüsebeete, du hast dich entschieden, dass dein Garten nicht nützlich sein muss. Nichts muss einen Ertrag bringen, nichts wird produziert. Und wenn es doch mal drei Äpfel zu ernten gibt, dann ist das ein Geschenk. Einen Ort zu schaffen, der ausschließlich schön sein darf, an dem nichts anderes sein und werden muss – war das etwas, das du immer wolltest? Da, wo einfach nur Schönheit sein darf, vielleicht ist da das gute Leben.

Ich habe auch kleine Gärten angelegt, auf der ganzen Welt. Ich gieße sie aus der Entfernung. Mir gefällt die Idee, dass überall dort, wo einmal ganz kurz alles ausschließlich schön war, für immer ein Garten liegt. Auf dem Waldweg neben der A100 ist ein Sonnenfleckenregengarten. Auf den kühlen Fliesen unter Ayis

Bett ist ein Wassermelonensommergarten. Auf den Stufen hinauf zu A'bus Grab ist ein Garten aus Neonfanfaren. Gestern hat der Cousin ein Foto geschickt, von der Ziegel, die wir im letzten April von A'bus altem Haus mitgenommen haben. Er pflanzt darauf eine kleine Landschaft aus Moos.

Ich bin mir jetzt sicher, Ma, ich bin mir sicher, du lebst in der unerschütterlichen Hoffnung, dass die Welt nicht auseinanderbrechen wird. Deine Welt. Darüber bin ich froh. Vor Jahren hast du zu mir gesagt, dass die Menschen erst aus der Erde herauswachsen und sich dann sehr langsam wieder in sie hineinbewegen. Beobachtest du dich dabei, wie du einen Bogen schlägst? Warst du dir immer sicher, in welche Richtung du dich strecken willst, oder ist das gar nicht so wichtig, solange die Hände ihren Weg zurück in die Erde finden?

Ich habe noch so viele Fragen, manche kannst nicht einmal du beantworten, und das macht mich nervös. Ich will immer noch alles aufmachen, so wie damals deinen roten Koffer. Nicht wegen irgendeiner Wahrheit, sondern weil ich hoffe, dass ich irgendwo etwas Schönes finden werde.

Wir müssen nicht alles teilen, das haben wir nie getan. Ich kenne so viele Wörter, sogar welche, die sich zwischen die Sprachen schieben. Ich kenne Grammatik, Satzbau, Vokabeln. Und trotzdem kann ich nicht alles sagen. Ich war deshalb lange beeindruckt, wenn andere mit voller Überzeugung die Welt beschrieben haben, auch deine, auch meine, manch-

mal sogar unsere gemeinsame. Aber was ich früher beeindruckend fand, finde ich heute vermessen.

Sie werden unsere Geschichte immer anders erzählen. Als gehörte sie mehr ihnen als uns. Es ist dann eine Geschichte von Wurzeln und keine von Händen und Füßen. Eine von der Suche nach dem besseren Leben, von Zerrissenheit, von einer ewig unvollständigen Existenz. Eine Geschichte von Fehlen statt Fülle, von Traumata und nicht von Träumen. Ich hasse diese Erzählungen. Und ich liebe die, in denen es einfach um das gute Leben geht. Die Geschichten, in denen wir im Einzelnen ganz sind.

Manchmal gebe ich mir große Mühe, ganz anders zu sein als du. Dann tue ich Dinge, die du nicht magst. Ich trage die Haare kurz. Ich rauche, obwohl es mir nicht schmeckt. Ich trage Kleidung, die mich ein bisschen unter sich verschwinden lässt, manchmal secondhand, manchmal mit Löchern, sodass ich in deinen Worten darin aussehe »wie ein Penner«. Manchmal esse ich ein Eis und trinke direkt danach heißen Tee. Ich schlafe mit Männern, die ich niemals heiraten will. Ich gebe Menschen zu viel von mir, ohne vorher zu prüfen, ob sie es verdient haben. Ich versuche, mich über das hinaus zu dehnen, was dein Leben ist, denn so ist es doch in den Geschichten, in denen die Kinder immer noch mehr haben sollen als die Generationen vor ihnen. Trotzdem komme ich immer wieder bei dir an.

Ich will dir sagen, dass du dir keine Sorgen um mich machen musst. Es stimmt, die letzten Jahre muss ich die Jahre der heruntergefallenen Dinge nennen. Ich habe vieles fallen gelassen: meinen Schlüssel (ständig), die guten Schälchen aus Porzellan, die du mir geschenkt hast (sogar zwei davon, das tut mir leid), vielleicht am meisten mich selbst (ich kann mich gut zerstreuen, aber weiß nicht, wie ich mich wieder zusammenfügen soll). Beim Aufsammeln der Scherben habe ich mich geschnitten. Das wäre dir nicht passiert. Ich bin ungeschickt, und ich grabe noch nicht mit den Händen in der Erde, aber ich liege jetzt häufiger auf meinem Dielenboden und starre die Zimmerdecke an. Ich weiß, wie die meisten Blumen in deinem Garten heißen, Dahlie, Forsythie, Magnolie, Rhododendron – das ist praktisch, weil du dir keine Namen merken kannst. Dafür weißt du, wie man Blumen pflanzt und sie am Leben hält. Trotzdem willst du immer nur die winterharten Pflanzen. Zu denen, die nur einen Sommer blühen, muss ich dich überreden.

Du hast gesagt, dass niemand weiß, was das gute Leben ist. Du hast gesagt, man kann sich nur darum bemühen und davon träumen. Ich weiß, dass du immer Angst hattest, ich könnte eine Träumerin sein. Eine, die verloren geht zwischen den größeren Zahnrädern, weil sie stehen bleiben und alles betrachten will. Eine, die überall nach Bedeutung sucht. Die Wahrheit ist: Ich bin viel zu realistisch. Die letzten Jahre habe ich versucht, immer auf alles vorbereitet zu sein. Auf alles Schlechte, nie auf das Gute, darauf muss sich niemand vorbereiten. Aber was bleibt, wenn man nur damit beschäftigt ist, Vorbereitungen für den Ernstfall zu treffen? Eine Träumerin ist man nicht einfach so, man muss es sich vornehmen, und das kostet Kräfte. Du weißt das, vielleicht besser als alle anderen. Du hast so viel getan, damit ich mir erlauben kann zu träumen. Du hast so viel auf dich genommen, damit ich Schönheit sogar an dem Ort finden kann, der sie dir verwehrt hat. Ich bin immer so hungrig, Ma, aber das ist nicht dasselbe, wie niemals zufrieden zu sein. Ich nehme mir das vor, ich übe jeden Tag, zu träumen und hungrig und zufrieden zu sein. 别担心, *du musst dir keine Sorgen machen.*

anfang

Zwischen all den Abschieden, die sich Jahr für Jahr mehren und dem Leben einen neuen Rhythmus geben, kommt es vor, dass Ma und ich darüber sprechen, wo wir sein wollen, wenn wir nicht mehr sind. Das passiert fast ohne Stolpern, wir gleiten vom Reden über das Abendessen ins Sprechen über den Tod, währenddessen zieht der Tee in einer Glaskaraffe, und Ma sagt, »Im Fernsehen gab es eine Doku über Waldfriedhöfe, sehr schön«. So war es beim letzten Mal.

Hinter dem Taxifenster ziehen Betonklötze an uns vorbei, oder, genau genommen, wir an ihnen. Wir fahren eine Kurve auf einer zweispurigen Straße, unten Asphalt, links Beton, rechts Beton, überall Regen. Obwohl wir noch nie hier waren, kommt mir alles bekannt vor. Es könnte die unendlich lange Straße sein, die sich vom Flughafen in Pudong zwischen Hochhäusern hindurchschlängelt, bloß sind die Häuser hier weniger hoch, die Reklametafeln zeigen Buchstaben statt Schriftzeichen, und die Straße wird zu keiner Zeit von Stelzen nach oben getragen.

Wir schweigen seit Stunden, eigentlich sogar schon

viel länger. Ma und ich haben lange geübt, uns Dinge zu verschweigen, die wehtun. Aber bald geht das nicht mehr, die Stille ist fast aufgebraucht. Vielleicht sind wir durch so viel Schmerz gegangen, gemeinsam und allein, vielleicht liegt er jetzt so offen herum, dass es zu anstrengend wäre, nicht mit ihm umzugehen.

Als Ma vor ein paar Wochen den Tee in alte Ikea-Tassen goss, blinkte ihr Handy, und wir schauten zusammen auf ein Foto von grünen Hügeln, deren Kuppen im Nebel verschwinden. *Die Luft hier ist ausgezeichnet*, schrieb Xiao Jiujiu in den Familienchat.

»Sie liegen am schönsten Ort der Welt«, sagte Ma, und ich gab ihr recht.

Es war das letzte Gespräch, das wir für eine ganze Weile führten, und jetzt fühlt es sich so an, als hätte ich den letzten Satz notiert, um genau dort wieder anzufangen.

»Willst du auch dort begraben werden?«

Ich beuge mich zur Seite, um zwischen Fahrer- und Beifahrersitz hindurch auf die Straße blicken zu können. Zwischen den Häusern glitzert es. Ma und ich schauen uns nicht an.

»Nein. Ich denke, nicht.«

»Aber wo dann? Du hasst Friedhöfe.«

»Ja. Aber die Frage ist doch eher, was *du* brauchst.«

Der Fahrer fährt einhändig, seine Finger trommeln auf dem dunklen Lederbezug nicht ganz im Takt der Musik. Ich verstehe die Sprache nicht, aber sie hört sich schön an, weich und wohlwollend. Es könnte ein Liebeslied sein, zumindest klagt die Stimme mit einer

Melancholie, die auf Deutsch nicht existiert. Das Lied erinnert mich an eines der bekanntesten chinesischen Liebeslieder, in dem die Sängerin versucht zu beschreiben, wie sehr sie jemanden liebt. Es gelingt ihr nur mit dem Mond. Ich habe das Lied sehr oft in bunt beleuchteten Karaokebars gesungen, manchmal im Duett mit meinem Onkel. Wenn ich es auf Chinesisch höre, könnte ich weinen. Sobald ich es auf Deutsch übersetze, bleibt nur Kitsch.

你问我爱你有多深
我爱你有几分
我的情也真
我的爱也真
月亮代表我的心

Du fragst mich, wie tief meine Liebe für dich ist
wie sehr ich dich liebe
Meine Gefühle sind aufrichtig
Meine Liebe ist auch echt
Der Mond steht für mein Herz

»Ich glaube, ich brauche keinen festen Ort, an dem ich dich besuchen kann. Du bist doch ohnehin immer da.«

»Ja.«

Wir schweigen wieder. Im Chinesischen gibt es über achttausend Schriftzeichen, im Deutschen sechsundzwanzig Buchstaben. Die Kombinationen daraus erscheinen mir unendlich, ob das mathematisch wahr ist, interessiert mich nicht. In jedem Fall ist es sehr viel, und trotzdem reicht es nicht aus. Auch deshalb brauchen wir das Schweigen. Manchmal hören Ma und ich zu früh auf zu sprechen, sehr selten zu spät.

»别说了吧, lass uns nicht mehr darüber reden«, sagt Ma. Ich nicke. Wenn das Leben eines nicht sein darf, dann ein langer Abschied.

Es ist Jahre her, dass Ma sich gewünscht hat, hierher zu verreisen. Sie hat es sich sehr romantisch vorgestellt, sie hat von lauen Abenden und sehr guten Fischgerichten geträumt und davon, dass wir in einem kleinen Hotel endlich mal wieder zusammen in einem Bett schlafen würden. Ich habe niemandem gesagt, dass wir hier sind.

Ma schaut aus dem Fenster, ihr Brustkorb senkt sich. Wir atmen aus, vielleicht zum ersten Mal seit Monaten. Unsere Reise war lang, und mittendrin habe ich es aufgegeben, mir die weißen Haare mit einer Pinzette aus dem Hinterkopf zu ziehen, so, wie Ma es aufgegeben hat, sich ihre zu färben. Es war ihr immer schon lästig. Wir machen jetzt nichts mehr, was lästig ist, und ihre Haare sind weiß bis in die Spitzen.

Wir haben kaum ein Verkehrsmittel ausgelassen. Wir sind Tausende Kilometer zu Fuß gegangen, wir sind mit klapprigen Bussen gefahren und in schmale Boote umgestiegen. Wir haben Kurz- und Langstreckenflüge hinter uns, wir haben auf Fahrrädern gesessen, in einer Rikscha, auf Motorrädern und Elektrorollern, in Bummelzügen und U-Bahnen, oft allein, manchmal gemeinsam. Wir sind dabei auseinandergewachsen, oder vielleicht bin auch nur ich von Ma weggewachsen – und gleichzeitig immer weiter in sie hinein. Hauptsache, wir sind zusammen hier, denke ich, sinken in die weiche Rückbank dieses Taxis und erinnern uns daran, dass wir am besten in harten Betten schlafen.

Es ist nicht mehr weit, das Auto wird langsamer. Es regnet noch stärker, die Tropfen hämmern gegen das Blech, als wollten sie uns angreifen. Der Fahrer lenkt uns eine Ausfahrt hinunter und regelt die Geschwindigkeit der Scheibenwischer nach oben. Das Glitzern liegt irgendwo hinter Häuserfassaden. Wir stehen an einer Ampel und warten auf Grün.

»Haben wir einen Schirm?«

Ich zucke mit den Schultern. Wir brauchen keinen.

Ich werde den Weg finden, es ist nicht kompliziert. Ma macht sich darüber sowieso keine Gedanken. Sie hat den Weg immer mir überlassen, sie ist immer mitgekommen, solange ich sie gelassen habe. Es tut mir leid, dass ich so oft allein sein wollte, denke ich, aber ich spreche es nicht aus.

Die Ampel schaltet um, der Fahrer überquert die Kreuzung, biegt nach links ab und sucht im Rückspiegel nach einem Paar Augen. Er findet meine. Mas Augen sieht er nicht. Ma schaut niemandem mehr in die Augen, vor ein paar Monaten hat sie zu mir gesagt, in den meisten Blicken fände sie nichts mehr, was sie nicht längst schon gesehen hätte. Es war die gleiche Unterhaltung, in der sie auch sagte: »Ich bin in einem Alter, in dem fast alles hinter mir liegt und kaum noch etwas vor mir.«

Wir halten an einer Kreuzung vor einer engen Gasse, die zu schmal für das Auto ist. Auf dem Taxameter leuchtet eine zweistellige Zahl. Ich runde auf und strecke ein paar Scheine nach vorne, wir nicken zum Abschied und steigen aus.

Ich nehme unser Gepäck aus dem Kofferraum, es ist wenig. Zum ersten Mal hatte ich beim Packen das Gefühl, kaum etwas zu brauchen. Es ist heiß, aber obwohl es regnet, ist es nicht schwül. Es geht so ein Wind, dem man sofort anmerkt, dass er gerade noch über das Meer gezogen ist. Wir laufen über Kopfsteinpflaster auf die andere Straßenseite, wo ein Café vergessen hat, seine Markise einzufahren. Der Regen perlt von meiner Jacke ab. Ich glaube, in Ma fällt er einfach hinein. Wie mit den Sonnenstrahlen, die sie so selbstverständlich aufsaugt. Gibt es in ihrer Sprache auch einen Begriff dafür, Regengüsse in sich zu sammeln? 晒太阳，晒大雨？

Ich sehne mich nach Symmetrie, das ist eine wachsende Sehnsucht. Wenn es den Begriff weder in ihrer noch in meiner Sprache gibt, dann bin ich sicher, dass es ihn in unserer Sprache geben muss. Wir könnten ihn erfinden. Noch ein Geheimnis auf unserer Insel, irgendwo zwischen Mas fehlenden Worten und meinen.

»Wir können warten, bis es aufhört.«

»Wozu.«

Wir brauchen keinen Schirm, und wir brauchen die Markise nicht. Wir gehen die schmale Gasse hinunter, immer geradeaus. Wir haben es nicht eilig, aber wir machen auch keine Pause. Der Regen lässt langsam nach. Mein Blick fällt nach unten, die nassen, glatten Steine des Kopfsteinpflasters sehen aus wie die gebogenen Rücken kleiner Wale, die zum Luftholen kurz an die Wasseroberfläche kommen. Am Ende der Gasse beruhigt sich das Meer. Nach ein paar Schritten verschwindet der Weg im Sand, neben uns sind keine Häuser mehr. Man kann sehr weit gucken, in alle Richtungen, nur nicht zurück. Wir ziehen die Schuhe aus, ich knote die Schnürsenkel zusammen, wie Ma es mir als Kind beigebracht hat, dann hänge ich sie mir über die Schulter. Der Sand ist schwer, er klebt in Klumpen an meinen Füßen. Ma nimmt meine Hand, zum ersten Mal seit Jahren. Zuletzt habe ich oft ihre genommen. Sie waren immer warm, ihre Hände, erst vor Kurzem hat sie angefangen, darüber zu klagen, dass sie kälter werden, besonders abends, und die Füße auch. Aber die Temperatur der Hand, die jetzt meine nimmt, ist genau richtig. Mas Finger lösen sich vorsichtig, aber bestimmt von meinen und fahren über mein Handgelenk bis an den Unterarm.

»Du hast den Armreif früher nie getragen.«

»Stimmt. Mir ist irgendwie danach, die Dinge ein bisschen anders zu machen.«

»Sind wir deshalb beim Meer.«

Ma stellt keine Fragen mehr, ihre Stimme fällt am Ende jedes Satzes nach unten. Ich mochte Berge immer lieber als das Meer. Berge sind eine Aufgabe. Sie zu besteigen ist anstrengend, aber während des Anstiegs fallen die unbrauchbaren Dinge zu Boden und oben laden mich die Berge neu auf. Das Meer ist anders, ich habe Angst, dass es mich ausspült und nach dem Salzwasser nichts übrig bleibt. Es könnte sein, dass ich alles vergesse. Manchmal bin ich schon nicht mehr sicher, was echt ist und wovon ich träume. Aber heute ist etwas nicht wie sonst. Wir schauen aufs Meer. Vom Strand aus betrachtet ist das Meer wie ein Garten. Einer, der von allein wächst und mich nicht braucht.

»Fühlst du dich noch schwer?«

»Was meinst du.«

»Du hast gesagt, dass du dich so schwer gefühlt hast die letzten Jahre.«

»Nicht mehr so sehr.«

»Gut.«

Ich kann hören, wie tief Ma einatmet. Die Luft ist warm und salzig. Das Meer ist schön. Die Sätze sind kurz. Vielleicht lösen sich endlich ein paar Teile von uns auf. Ich denke an Asche in den Bergen, Kieselsteine an meiner Stirn, und unter meinen Füßen fühle ich Sand. Wir haben uns in den letzten Monaten viel häufiger umarmt. Und die Umarmungen sind mit jedem Mal länger geworden, nicht aus Verzweiflung, sondern eher aus Sicherheit. Nicht, weil wir fürchteten, dass es bald nicht mehr möglich ist, sondern weil wir gelernt haben, wie das geht, einander halten.

Als ich das letzte Mal zu Besuch war, gab es keinen Streit, auch keinen, dem wir ausweichen mussten. Die meiste Zeit trug ich eine weite Pyjamahose und ein verwaschenes Langarmshirt aus Mas Kommode. Wir verbrachten eine Woche damit, gemeinsam zwei

Mahlzeiten am Tag zu essen – morgens ein ausgiebiges Frühstück mit frischen Brötchen und am späten Nachmittag unser Mittagessen, das immer eine von uns damit kommentierte, dass die Deutschen zu dieser Tageszeit Kuchen essen würden. Wir sagen oft die gleichen Sachen, und doch werde ich davon nie müde. Zwischen den Essenszeiten war ich joggen, Ma wusch sich die Haare, ich spielte Akkorde auf dem Klavier, Ma spielte Sudoku auf dem Tablet. Abends trafen wir uns wieder mit Wein und Pistazien. Wir fingen den Tag miteinander an und hörten ihn miteinander auf. Es war alles wie immer und trotzdem irgendwie anders.

Am Abend vor meiner Abreise kramte sie ein altes Whitney-Houston-Album aus dem Regal, legte die CD in die Stereoanlage in der Küche, drehte ganz laut auf, und wir tanzten mit Weingläsern in den Händen. Wir waren ein schlechter Vorabendfilm, obwohl ich keinen einzigen Film kenne über eine Geschichte wie unsere. Ma drehte sich im Kreis und hob ihre Arme, sie sang die Lieder mit in einer Sprache, die sie nicht versteht. Zwischendurch schloss sie die Augen und lächelte. Mir fiel auf, wie sehr wir uns an das Fehlen von Ausgelassenheit gewöhnt haben. An die Stille und an das Gefühl, dass das Leben nun mal so sein würde, Jahr für Jahr, ein ständiges Verlieren anderer und ein Beisammenhalten von sich selbst. Bei meiner Abreise stellte ich die prall gefüllte Reisetasche vor dem großen Spiegel im Flur ab, darin selbst gemachtes Apfelmus, eine Packung weißer Tee, und zwei Mützen, die Ma für mich gestrickt hatte. Ich band meine Schnürsenkel, Ma sah mir dabei zu, und als ich aufstand, nahm sie mich in den Arm und gab mir einen Kuss. Fast hätte ich geweint.

Ein bisschen fehlt mir die Zeit, in der ich in Mas Schoß weinen konnte, ohne dass sie gleich Angst haben musste, mich nicht gut genug auf das Leben vorbereitet zu haben.

»Wir umarmen uns selten, oder? 不够.«

Ein Abschied ist nicht das Gleiche wie ein Ende, ich kann mir viel mehr aussuchen, als ich dachte. Das Einzige, was ich mir nicht aussuchen kann, ist, eine Tochter zu sein. Von meinem ersten Moment an war ich eine Tochter, und ich werde noch immer eine sein, wenn ich gehe.

»Er fühlt sich gut an«, sage ich und streiche mit den Fingern über die weiße Jade an meinem Handgelenk. Ma lässt mich los, sie geht ein paar Schritte aufs Wasser zu, ich bleibe stehen und grabe meine Füße tiefer in den Sand. Nichts fühlt sich an wie Jade im Sommer.

Die Autorin

Lin Hierse, geboren 1990 in Braunschweig, hat Asienwissenschaften und Humangeographie studiert. Sie lebt in Berlin und ist seit 2019 Redakteurin der *taz*. Dort erscheint auch ihre Kolumne *poetical correctness*. »Wovon wir träumen« ist ihr erster Roman.

Das Buch

Eine junge Frau steht auf einem Berg in Shaoxing. Sie ist gekommen, um ihre Großmutter zu beerdigen. Die Frage, wo sie selbst hingehört, schiebt sie beiseite. Vielleicht ist sie überall ein bisschen zu Hause oder nirgendwo ganz. Ihre Mutter hat China vor Jahren verlassen, weil sie in Deutschland ein anderes Leben wollte. Die Träume der jungen Frau ähneln denen ihrer Mutter. Und doch träumt sie anders, weil die Orte verschwimmen und sie die Geister der Familie nicht loswird. Subtil, mutig und mit feinem Gefühl für die Sprache erzählt Lin Hierse in »Wovon wir träumen« von einer Beziehung zwischen Mutter und Tochter und den Fragen nach Identität, Nähe und Abgrenzung. Auf den Spuren der deutsch-chinesischen Geschichte findet sie eine Form, Migration nicht als Trauma zu begreifen, sondern als Traum.